La Théorie du K.O

Rémy.S

ISBN : 978-2-9584913-0-7

Pour William, Abigail, Gia, Joëlle et Marc.

REMERCIEMENTS

Un grand merci à Cédric Saulnier et la compagnie "Cause Toujours" pour avoir commandé et produit cette pièce, à mes parents, ma famille et amis pour leur soutien inconditionnel, à Rosalba pour la correction, et à vous, lecteurs, car sans vous, il n'y a pas de nous.

AVANT PROPOS

À celui qui me lit…

J'écris toujours la fin d'un spectacle en premier. C'est le plus important, c'est là où on va. C'est la clé de l'histoire, la raison d'être du récit. C'est ce moment qui va déterminer si oui ou non, vous, lecteur/spectateur, vous avez aimé l'histoire. C'est compliqué une fin : elle doit être logique avec le reste, surprenante, fermée car elle doit répondre à toutes vos questions et suffisamment ouverte pour vous laisser imaginer la suite de la vie des personnages. Combien de fois avons-nous été déçus par une fin d'un livre, d'un film, d'une pièce ? Combien de fois nous avons eu l'impression de perdre notre temps en lâchant un « tout ça pour ça" ? Et surtout combien de fois la fin d'une œuvre vous a fait remettre complètement en question votre avis sur elle ? Une mauvaise fin, et c'est toute une œuvre qui sera jugée. Autant la scène d'exposition est importante car elle va nous donner envie de suivre, mais la fin… C'est celle qui nous fait aimer une œuvre. J'écris toujours la fin d'un spectacle en premier parce que c'est là qu'est toute mon attention. Et quand je l'écris, ensuite je tente de répondre à deux questions : Comment mon personnage va arriver là ? Et comment je vais duper le spectateur pour ne pas voir qu'il va arriver là ?

J'aime les fins. J'aime les fins chocs, les bouquets finaux, celles qui surprennent, qui dérangent, qui énervent… Celles qui nous font dire « Mais comment j'ai fait pour ne pas le voir ? ». Une bonne fin est celle qui va donner tout son sens à l'œuvre. Et c'est surtout celle qui donne une deuxième lecture, qui donne envie de relire, qui donne une nouvelle clé, un nouvel angle et qui rend encore plus extraordinaire l'histoire à laquelle on vient d'assister. « Fight Club », « La vie de David Gale », « L'odyssée de Pi », « Usual Suspect », « Memento », « Breaking Bad » etc… J'ai aimé ces films/livres car la fin donne un sens nouveau. On pensait comprendre une chose et on en comprend une autre. Un peu comme si on regardait un tableau, et tout d'un coup, on nous mettait des lunettes nous faisant voir d'autres dessins dessus qui améliorent l'œuvre en lui donnant un tout autre sens. Et j'aime chercher la fin ! J'aime quand le film devient un jeu avec l'auteur, quand j'essaie de comprendre sa logique, ses indices… et j'aime perdre à ce jeu !

Comme dans la vie. On sait tous comment notre vie va finir, mais sans le savoir dans le détail. Et cette fin va donner un sens à tout le reste. Pour les personnes autour de nous, c'est au moment de notre fin que notre vie sera jugée dans son intégralité, et de notre côté, c'est celle qui donnera un sens à ce qu'on a fait, celle qui nous fera avoir des remords, des regrets ou une satisfaction d'avoir eu la vie qu'on voulait. La fin d'une histoire, qu'elle soit réelle ou imaginaire, que ce soit une histoire d'amitié, d'amour, un travail, un voyage ou toute une vie… nous fait réaliser si on a fait le bon choix.

« La théorie du K.O », c'est une histoire de fins. La fin de la vie d'Andy est le début de la pièce. Il se suicide, il écrit sa fin en commettant un acte que personne ne peut juger. Et pour comprendre pourquoi, nous allons à l'autre fin de la pièce, là où sa fin a commencé. Deux fins pour raconter l'histoire d'un homme qui , à force de ne vivre que pour mettre d'autres adversaires K.O, n'a jamais compris que la fin d'une histoire a forcément des conséquences sur le début de la suivante et que, de ce fait, il faut toujours bien terminer une histoire quelle qu'elle soit, avant d'en commencer une autre.

Bonne lecture

À celui qui m'a lu

Rémy.S

LA THÉORIE DU KO.

Pièce en 7 actes comportant chacun une scène unique.

La pièce est montée à l'envers. La pièce s'ouvre par la fin, et chaque scène suivante est dans l'action de celle qu'elle précède. Le premier acte sera l'acte 7, et ainsi de suite.

<u>Le décor</u> : un sac de frappe, une table et une chaise.

Deux personnages sur le plateau :

<u>Andy Malone</u> : le personnage principal. Avant d'être un boxeur ayant eu son quart d'heure de gloire, Andy est avant tout un homme. Un homme comme vous et moi comme lui comme elle. Quelqu'un. Et son histoire, elle commence par la fin, par son suicide. Le spectateur va être amené à voir ce que lui n'a pas vu : l'élément déclencheur, celui qui l'a amené dans une spirale auto destructrice de mauvaises décisions. Il est croyant et s'adresse à Dieu en disant "l'ami".

<u>La violoncelliste</u>. Elle est sur scène et jouera à la fois la bande son, les émotions de Andy . Elle peut également jouer le rôle de Sam.

(Les morceaux choisis seront énoncés au début de chaque acte.)

<u>Autres personnages</u> :

Samantha sa femme

Jack son fils

Damon Jones son entraîneur et Mentor

Parker Wallace son Manager

Mickael Davenporte, celui par qui tout a commencé, et par qui la pièce finit.

<u>Autres personnages</u> :

ACTE 7 SCÈNE 1 : C'EST ICI QUE TOUT FINIT ET QUE TOUT COMMENCE.

Musique : "Sail" de Awolnation, et "Where is my mind" de Pixies.

Fin de journée, appartement d'Andy, un studio, sans décoration. Une table, une chaise, un lit. Au sol, un sac de frappe explosé. L'appartement est rangé, tout est propre. Andy, vêtu d'un hoodie de l'équipe des Lakers et d'un pantalon de survêtement noir, est assis sur une chaise derrière sa table. Devant lui, ses 2 gants de boxes, un verre d'eau, une feuille de papier et un stylo. Comme à son habitude avant chaque combat, Andy regarde son médaillon, une croix (un crucifix). Sauf que là, ce ne sont pas ses gants qu'il prend. C'est un stylo. Il baisse sa capuche, et il écrit.

ANDY :

À celui qui me lit. On a tous une bonne raison de se foutre en l'air.... Et on a tous un milliard de raisons de ne pas le faire. Je sais ce que tu te dis, toi. Oui, toi. Je sais pas qui t'es, si t'es pompier, infirmier, flic, un voisin ou un mec qui passait devant ma porte et qui s'est senti durant 10 secondes l'âme d'un héros qui voulait son quart d'heure de gloire devant une caméra... Je sais ce que tu te dis. Tu te dis que c'est triste d'en arriver là, que personne devrait en arriver là, que y'a toujours de l'espoir... Ou alors tu fais partie de gens, de cette masse bien pensante qui doit toujours parler de quelque chose, et qui pense que c'était un appel au secours.
Un appel au secours.

On appelle au secours quand on croit que quelqu'un va répondre, quand y'a une lueur d'espoir d'être sauvé, quand y'a quelqu'un et quelque chose autour ! J'ai pas appelé au secours. Personne n'appelle au secours quand on tombe dans le vide. Quand tu tombes, tu fermes les yeux, tu te prépares et t'espères juste que ça va être rapide. Mais t'appelles pas au secours, parce que c'est les dernières minutes de ta vie, et tu veux pas les dépenser en conneries inutiles. J'ai pas appelé au secours durant ma chute, et c'est pas au moment de l'impact que je vais l'faire. Non, c'est pas un appel au secours. J'appelle pas au secours. C'est moi qui écris ma vie, c'est moi qui choisis ! JE choisis de porter les coups ou de me défendre, je choisis de me battre, je choisis de gagner ou perdre ! Et là, j'ai choisi.

On a tous une bonne raison de se foutre en l'air, et on a tous un million de raisons de ne pas le faire.

Et ben j'vais l'faire.

Qu'est ce que t'en dis l'ami ? Ce soir mon dernier combat, c'est contre toi. Tu voulais que je vive, c'est pour ça que tu m'as mis cette famille sur ma route et Sam et Damon... Et parce que t'as senti que je t'échappais tu m'as même donné un fils en te disant "ben comme ça Andy, tu seras obligé d'aller jusqu'au bout" ! Et merde ! T'as perdu ! Tu voulais que je vive ben t'as perdu ! Je te mets K.O à mon 35ème round. Parce que tu as beau m'avoir tout donné, en me laissant choisir, tu m'as laissé tout perdre. Tu m'as donné l'avantage, t'as donné un choix à ton adversaire ! Faut jamais donner le choix à ton adversaire, faut toujours lui faire croire qu'il l'a, mais pas le lui donner. Tu m'as laissé choisir. Et je choisis.

Andy Malone contre Dieu et JE gagne !

Tu as été mon plus beau combat, le plus dur. Et t'es ma plus belle victoire. Ouais c'est une belle victoire ! Je t'interdis de dire que c'est pas une belle victoire ! C'est une belle mort ! Une belle mort, c'est quand on fait ce qui est le plus juste pour soi et pour les autres ! Et c'est juste l'ami ! Tu le sais ! C'est parce que t'es mauvais joueur que tu dis ça ! ça te fait chier que le p'tit Andy t'ait mis K.O ! Un pauvre boxeur de Los Angeles, un gars comme les autres dans une ville comme les autres aussi insignifiant et insipide que les 7 milliards d'autres ! Un mec normal avec une existence normale qui arrive à prouver à son créateur qu'il s'est gouré, parce que tu t'es gouré ! Et au fond tu le sais. Parce qu'un combat, c'est comme quand on tombe amoureux: on sait tout de suite comment ça va se passer, combien il va y avoir de rounds... Et on passe le reste du combat à assumer sa décision, le reste de sa vie à accepter ce qu'on sait déjà : on va gagner ou on va perdre, et on va prier pour avoir fait un beau match. Tu le savais. Parce qu'on a tous une bonne raison de se foutre en l'air et dix mille raisons de ne pas le faire... Mais la raison reste quand même une putain de bonne raison. Et ça tu le sais.

Il se sert un verre d'eau.

Sam, c'est pas ta faute. Sam si tu lis cette lettre et je sais que tu la liras, c'est pas ta faute. Nietzsche disait "il y a dans la plainte une dose subtile de vengeance"...Mais si j'avais voulu te faire mal, je l'aurais fait autrement. D'ailleurs je t'ai tellement fait mal... J'ai pas eu besoin de ça. Et me venger? Mais me venger de quoi? T'as été un cadeau, une merveille, t'es la plus belle personne que j'aie jamais rencontrée

putain, Sam ! Quand on te voit on n'a pas d'autre choix que de croire aux anges ! T'étais ma lumière, mon équilibre, mon héroïne, c'est toi qui m'a gardé en vie toutes ces années. Tu m'as offert un fils,Jack, mon plus beau combat.
Jack, je te jure que c'est pas ta faute et je t'interdis de penser que je t'abandonne ! Au contraire, je te libère. Je sais que tu diras à tout le monde que ton père est un lâche, qu'il t'a abandonné, qu'il a manqué de courage ! Mais tu comprends pas que c'est pour toi que je fais tout ça ? Que je me sacrifie pour te libérer, pour vous libérer ? Pour me libérer... Oui, pour tous nous libérer...

Il sort un pistolet de ses gants.

Parce que c'est le seul moyen de tous vous libérer ! Et puis, manquer de courage ? Être lâche ? On a tous une bonne raison de se foutre en l'air et au moins mille raisons de pas le faire mais avouez-le : vous y avez tous pensé ! C'est comme tuer quelqu'un, on veut pas l'avouer mais on y a tous pensé ! Que ce soit le mec qui te fait une queue de poisson sur la route, le voisin du dessus qui te réveille avec sa musique de merde, le pédophile à la télé qui se prend que 4 ans de taule pour avoir touché un gamin ou ton meilleur pote qui se tape ta meuf, on a tous eu envie, ressenti le besoin, l'envie infime mais l'envie quand même... de tuer quelqu'un ! Et se buter c'est pareil ! Et tous, toi qui lis cette lettre, toi Sam, Damon, Parker, Mickael et toi Jack t'y penseras un jour, et ce jour-là, ce qui va t'empêcher de le faire, une des centaines de raisons de pas le faire, c'est la peur ! C'est la trouille ! Parce que putain faut y aller ! Allez-y ! Traitez-moi de lâche !

Dites à tout le monde que j'avais pas de volonté que j'avais pas envie de me battre ! Moi pas envie de me battre ? Moi lâche ? Moi Andy Malone pas courageux ? Entre se lever le matin et aller travailler, et se foutre en l'air en se tirant une balle dans le crâne, il est où le courage ? Il va me falloir bien plus de courage pour appuyer sur cette putain de détente que vous n'en aurez jamais dans toute votre vie ! Qui appuierait à ma place, hein ? Qui ? Vous y pensez mais vous le faites pas !

Alors me parlez pas de courage, vous savez rien ! Vous savez pas ce que j'ai vécu, vous savez pas ce que j'ai perdu, vous savez pas ce qui se passe dans ma tête parce que vous savez même pas ce qu'il se passe dans la vôtre ! Vous ne vous comprenez pas, et vous voulez comprendre quelqu'un qui fait un truc que vous allez juger immoral, lâche, méprisable... Alors qu'au fond vous m'enviez parce que je prends ma mort en main... Alors que vous, bêtement, vous l'attendez. On a tous une bonne raison de se foutre en l'air et au moins un dizaine de raisons de pas le faire ! Et les voici : Rêve, espoir, famille, amour, amis, ambition, passion, croyance, confiance et peur ! Voilà ce qui vous maintient et voilà ce qui ne me retient plus, parce que moi j'ai pas dix, pas cent, pas mille, pas dix mille, pas cent mille, j'ai un million de raisons de le faire ! Et dans ce million de raisons, la première c'est de me dire que si j'ai loupé ma vie, j'ai pas le droit de louper ma mort ! Qu'à un moment j'ai su que j'avais perdu le combat, je le sais, je l'ai su au moment où j'ai croisé ton regard ! Mickael...

Je sais que c'est là que tout a commencé ! Je le sais ! Au moment où mon point a touché ton visage, j'ai vu la fin du combat, j'ai vu la fin de ma vie.

J'ai perdu !
À ce moment-là, ma vie a attendu que j'accepte enfin
de perdre et de choisir le moment où je voulais être
K.O. Ça y est.

Il charge le pistolet.

On a tous une bonne raison de se foutre en l'air. Moi,
la mienne, c'est de gagner un combat, et d'accepter
d'en perdre un. Car c'est ici que tout commence... Et
que tout finit.
À celui qui m'a lu.

*Il prend une grande respiration, ferme les yeux, puis colle l'arme
contre sa tempe.*

Un temps.

Il tire.

NOIR

ACTE 6 SCÈNE 1 : PARDONNEZ-MOI MON PÈRE... JE VAIS PÊCHER

Musique : "Family portrait" de Pink. Et "Papaoutai" de Stromaé.

Début d'après-midi, Appartement d'Andy. Le sac de frappe est maintenant accroché. Andy, débardeur blanc, baskets aux pieds, est derrière sa table, debout, et tient sa chaise entre ses mains. Sur la table, un café renversé.

ANDY :

Après un long silence, Elle touche sa joue, et la dernière phrase qu'elle prononce c'est : " J'en ai marre d'être ton punching ball Andy ! Putain trouve une autre vie à détruire et fous-moi la paix ".
Ses larmes s'arrêtent net, elle me regarde, sans bouger... Le regard de la dernière chance, celui qui traverse ma tête comme une balle pour me tuer, et ressusciter celui qu'elle a connu pour le faire revenir à la raison. Ce regard qui veut dire "c'est maintenant ou jamais".

Un temps.

Ben c'est jamais... Et c'est maintenant.
J'suis déjà mort Sam! Arrête de chercher de la vie dans un putain de zombie !
Elle me regarde comme ça pendant 5 minutes, à tenter de percer ma tête et de la vider de ses secrets... Un regard rempli d'espoir, d'amour, d'humanité... Un regard qui se met à genoux devant moi. Et moi en face ? Je ne bouge pas. Je réponds à ses supplications par rien, par l'absence totale de sentiments pour la

femme de ma vie. Elle cogne contre un mur...et à force de frapper ses yeux saignent.... Une larme, et puis 2... "Adieu Andy !" Et elle part.

On entend un claquement de porte.

Pendant 10 minutes je l'entends pleurer derrière la porte, assise dans le couloir. Peut-être qu'elle s'attend à ce que je l'ouvre et qu'on oublie tout. C'est comme ça qu'on a toujours fait.
Mais pas cette fois.
Désolé Sam, mais là, la porte je la laisse fermée. 10 minutes... 10 minutes à l'entendre pleurer, à entendre mon nom dans ses larmes et ses poings fermés. 10 minutes à l'écouter crier de douleur, à entendre sa tête frapper contre la porte, et à chaque coup, y aller plus fort, pour se faire du mal, pour se punir d'être aussi conne d'être amoureuse de moi, et pour m'appeler au secours... "Au secours Andy, aime-moi, aime-moi, aime-moi, aide-moi"...

Mais c'est en laissant cette porte fermée que je t'aide Sam... C'est en te poussant à me détester que je te sauve la vie. Mais ça... Tu le sais pas encore. Tu le sauras quand tu me détesteras. Et vu les traces que je viens de laisser sur ton visage, la première pseudo meilleure amie que tu trouveras arrivera à te convaincre que j'étais une maladie pour toi. Tu le sais pas encore, mais cette rupture... C'est la seule vraie bonne idée, et la seule preuve d'amour réelle que j'ai jamais eue pour toi. Ça et l'enveloppe que j'ai glissé dans ta poche. Je t'aime Sam. Adieu Sam.

Il prend son manteau et sort pour se rendre devant les ruines du Malone Boxing club, dont on ne distingue que de la fumée. Un local sur 2 étages, complètement ravagé par les flammes.

Quelques heures plus tard je me rends une dernière fois au Malone Boxing Club... Ce qui aurait dû être mon grand retour, ma rédemption par rapport à tout ce qui s'est passé... est désormais un tas de cendres, de pierres... Et de pauvres curieux venus prendre des photos pour les foutre sur Facebook, TikTok et Instagram "hashtag incendie", pour alimenter la curiosité malsaine de millions d'internautes qui préfèrent mater le malheur des autres pour ignorer les leurs.
Le Malone Boxing Club...
Ici y'avait les vestiaires avec douches privées, des casiers avec mes couleurs, rouge et jaune... Et des affiches des plus grands combats de l'histoire... De l'autre côté, 3 rings flambant neufs qui demandaient qu'à sentir la pression des pas sous les esquives. Des sacs de frappe qui attendaient qu'on vienne se défouler, 15 mètres de miroirs pour les cours collectifs... Et à l'accueil... Un bar en bois brut, et derrière, des articles sur mes plus beaux combats.
C'était ça le Malone Boxing Club : une déclaration d'amour à ma carrière et à la boxe, sur 250 m2. Et maintenant ?
Maintenant c'est plus rien. Et parce que c'est plus rien... Ben moi non plus je suis plus rien. Les flammes avaient vraiment bien fait leur boulot. C'est ce que m'a dit le gars de l'assurance avec qui j'ai rendez-vous : "on a reçu votre déposition de la police, votre alibi a été vérifié. Tout est bon. Désolé d'avoir douté de vous !" Douté de moi ? Non, t'as eu raison de douter

de moi, et je savais que t'allais douter de moi de toute
manière. Aujourd'hui on fait tellement confiance aux
gens que quand un crime est commis, on pense
arnaqueur avant de penser à criminel. Les gens
putain... Ils regardent trop la télé ! Et à force de voir
l'Homme comme un criminel... Ben il en devient un.
Tous coupables jusqu'à preuve du contraire.
"Pour le moment on n'a aucune piste. A priori ce
seraient des cocktails molotov, mais mis à des
endroits stratégiques : chaudière, sous le ring principal
et à l'entrée. Y'a quelqu'un qui vous veut du mal.
D'un autre côté..."
D'un Autre côté quoi ? D'un autre côté je l'ai bien
cherché ? C'est ça ? C'est bien fait j'avais qu'à pas
perdre ? J'avais qu'à pas vendre mon âme au diable
pour survivre ?
"C'est pas ce que j'ai dit Mr Malone... Mais ce club...
Il était perdu d'avance... enfin bon, l'assurance vous
suit, vous êtes couvert, vous avez sûrement reçu notre
courrier. Ça va vous permettre de vous faire oublier
un peu... une mauvaise réputation ça s'oublie avec la
personne..."

Il continue de parler mais j'écoute pas. Qu'est-ce qu'il
en sait lui de la réputation ? Lui qui va passer une vie
comme les autres, dans une maison à crédit avec un
autre crédit pour la piscine et la voiture, comme les
autres, qui va baiser sa femme une fois par semaine et
la tromper parce qu'il ne baise pas assez, comme les
autres, qui va faire des enfants pour les refiler chez ses
parents les weekends, comme les autres. Une
existence banale à décorer son intérieur pour rendre
son quotidien original, à partir en vacances dans des
lieux instagramables pour se vanter d'un bonheur

imaginaire et à aller au restaurant pour combattre la routine. Une vie longue et monotone dont les seules aventures seront les conférences qui lui feront aller dans une autre ville et "voyager" en visitant des hôtels avec une femme qui se la racontera en disant " mon mari il est en déplacement", pendant qu'elle le trompera aussi parce qu'elle aussi elle mérite de baiser plus qu'une fois par semaine.

Donne pas de conseils sur quelque chose, sur une vie que tu peux même pas imaginer... Alors de là à la comprendre...

Je pars parce que j'ai plus rien à faire ici. Parce que de toute manière je suis décidé, sinon j'aurais jamais fait tout ça.

Je traverse Los Angeles à pied. Je prends le temps de regarder chaque personne aller de son point A à son point B sans avoir besoin de moi... Je prends le temps de constater ce qu'on sait tous : le monde continuera de tourner parce que c'est pas moi qui le fais tourner. On est tous les figurants du film de la vie des autres... Un élément du décor pour remplir et faire joli... Mais qui au final ne sert pas à grand-chose dans la vie du personnage principal. Et le problème c'est que dans le monde, le personnage principal, y'en a pas. On sert à rien. Je sers à rien.

Il arrive dans l'église Sainte-Cecile, petite église sans prétention. La lumière et les couleurs des vitraux se reflètent sur son visage et sur le sol.

L'église Catholique Sainte- Cécile.... C'est ici que tout a commencé. Et toi et moi l'ami, faut qu'on parle.

Il arrive, se met à genoux, fait un signe de croix. Puis se met sur le côté pour rentrer dans un confessionnal.

Pardonnez-moi mon père parce que j'ai pêché et c'est sans aucun remord que je m'apprête à le refaire. Ce que j'ai fait ? Je suis venu au monde mon père. Venir au monde c'est pas un pêché ? À partir du moment où vous passez votre existence à faire du mal à toutes les personnes que vous croisez, si, votre existence est un pêché. Je sais ce que dit la religion mon père, je sais qu'on a tous un but, une raison d'être ici mais put... Mais je sais aussi que Dieu aime la perfection et s'il a pas fait le monde à son image, au moins il a réussi à créer un monde parfaitement équilibré entre les bons et les mauvais. Je suis né pour équilibrer le monde mon père ! Je suis né pour qu'à l'autre bout de la Terre il y ait un mec génial qui naisse ! C'est tout ! Je suis un poids, un putain de poids lourd... Sur une balance injustement parfaite. J'aurais jamais dû sortir de cet orphelinat. Vous vous souvenez de moi mon père ? Le p'tit Andy, ben ouais c'est moi. Le p'tit Andy Livinstone.

CHANGEMENT D'ECLAIRAGE.

Il se met à bouger et à sortir du confessionnal.

On a jamais voulu me dire pourquoi mes parents m'ont abandonné à la naissance. Et même encore aujourd'hui j'en sais rien. Tout ce que je sais c'est que j'ai passé 5 ans dans cet orphelinat à apprendre que j'étais un enfant de Dieu. Sauf que j'avais pas envie que Dieu soit mon père ! C'est mon vrai père que je voulais ! Pas Dieu ! Parce que Dieu, il fait pas de

câlins, il raconte pas d'histoires, il rigole pas à mes grimaces, il ne me met pas sur ses genoux pour me faire conduire la voiture et il ne m'apprend pas à faire du vélo ! J'voulais pas que ce soit mon père parce qu'il était pas capable d'en être un ! La seule chose qu'il pouvait être au pire...C'était...Un ami...
Hein l'ami ? C'est comme ça que tout a commencé ! D'habitude, un enfant, ça a pas de choix à faire. On le fait pour lui et on lui apprend pourquoi on a fait ce choix. Mais moi j'en ai eu un, un seul, sans avoir rien appris. À 4 ans on m'a demandé le choix le plus important de ma vie :
"Andy ? Voilà Mr et Madame Malone. Et ils veulent être tes parents. Est-ce que tu es d'accord ?"
Ben bien sûr que je suis d'accord ! Des parents, c'était notre raison à tous de nous lever le matin ! C'était notre vœu quand on soufflait les bougies ou quand on croisait une coccinelle : sortir de ces murs ! Parce que c'était ça l'orphelinat : 4 murs et l'attente... de sortir d'un endroit d'où on n'a jamais demandé à rentrer. Et c'est comme ça que je suis devenu Andy Malone, et que j'ai dit Adieu à l'église Catholique Ste-Cécile, ces 4 murs, et la 50aine d'enfants qui m'ont regardé en me jalousant.
On est sorti, mon père a pris ma main et m'a dit "donne la main Andy". Je donnais la main à un grand ! Il voulait que je lui donne la main pour pas me perdre ! Pourtant j'étais un inconnu pour lui ! Au premier coucher j'ai eu mon premier "je t'aime" :
"Je t'aime Andy. Tous les 3 maintenant on est une famille. On va te protéger et t'aimer et faire de ta vie un rêve. Ça fait tellement longtemps qu'on t'attend ! Si tu savais... T'es un cadeau !"

Et pourtant j'étais qu'un inconnu. C'est ça l'amour :
c'est aimer avant même de pouvoir dire pourquoi on
aime. Aimer : c'est donner sa vie à un inconnu pour
qu'il n'en soit plus jamais un.

Un temps.

J'avais de la chance ! J'étais un enfant ! Et un enfant
adopté ! Quand on est gosse on rêve de se démarquer
des autres, d'avoir des lunettes ou un plâtre... Et moi
j'étais adopté ! j'avais toujours l'excuse de "non mais
vous savez, c'est un enfant adopté"...Je pouvais faire
toutes les conneries que je voulais ! Quand je faisais
quelque chose de bien, j'étais leur fils, et quand je
faisais une connerie je l'étais plus. C'est de bonne
guerre : quand ils étaient cool, c'étaient mes parents,
et quand ils étaient méchants : "de toute manière, t'es
pas ma vraie mère !".
On était tout le temps tous les 3. La première année
j'ai rencontré tout le monde : "Papa, maman...Je vous
présente Andy, c'est votre nouveau petit fils ! ",
"Votre nouveau cousin" "votre nouveau copain"...
J'étais une nouveauté ! En 1 an j'ai rencontré mes
nouveaux amis et ma nouvelle famille. Mais au bout
de 3 ans on a dû déménager alors j'ai plus vu
personne. Mais comme mes parents, ils m'aimaient
tous, sans me connaître ! Le vrai amour !
"Andy ! Regarde tout ce que tu as reçu pour ton
anniversaire ! Regarde mon p'tit ange !"
Et moi je faisais des dessins pour remercier des gens
que j'aimais sans les connaître. Pourquoi ils
m'aimaient ? J'en sais rien. Mais l'amour ça s'explique
pas non ? Pourtant j'étais pas un gamin facile. Ben
j'étais bagarreur ! Mais d'un autre côté à l'orphelinat,

c'était comme en prison.... Pour survivre et se faire
respecter, c'est la loi du plus fort. J'avais 6 ans quand
j'ai donné mon premier coup de poing. Au fond, je
crois que ça faisait 6 ans que j'attendais ce moment.
Avant j'avais donné des baffes, des coups de pieds...
Mais là je parle du vrai coup de poing, celui qui fait
mal à la main, mais la douleur on la ressent après,
parce qu'avant, y'a ce sentiment de fierté d'avoir
réussi à détruire et à abîmer quelque chose avec son
poing. Il s'appelait Christopher, c'était dans la cour de
récré. Il m'avait dit "un jour, tes parents ils auront un
VRAI enfant, et toi, ils te jetteront à la poubelle".
Tout ça s'est terminé avec mon poing dans la glace et
de la glace sur son nez. Double fracture. Je l'avais
aligné. J'étais fier de moi.
Le visage de mon père quand il est venu me chercher
: "Andy pourquoi sérieux ? On a pas assez de
problèmes ? C'est ça le chemin que t'as pris ? Être un
cliché d'enfant adopté ?
" Mais papa il m'a dit que vous alliez me jeter quand
vous aurez un vrai enfant !
"Donc y'a des vrais enfants et des faux enfants ? C'est
toi notre enfant et jamais on te jettera Andy, jamais !
T'es ce qu'on a de plus cher au monde.
" Donc j'ai bien fait ?"
Il a souri, et j'ai lu dans ses yeux "comment engueuler
un môme pour un truc que j'aurais fait à sa place ?".
Mon père... Le mec le plus génial de la Terre. Et c'est
vrai que je suis devenu bagarreur ! Ben quoi, y'en a
toujours un dans la classe, ben là c'était moi. Je
bossais le minimum à l'école, et dans la cour... Ben
ouais, j'aimais me bagarrer. J'aimais bien ! de toute
façon c'était en moi tout ça ! Depuis le début, tu m'as
fait comme ça l'ami ! J'aimais bien. J'étais un

personnage, j'étais moi. Mais quand je rentrais à la maison... Papa pourquoi maman elle pleure ?
"Ben tu sais comme on a déménagé... ça fait longtemps qu'elle a pas vu sa maman. Tu pleurerais toi aussi si tu nous voyais plus ?
" Papa pourquoi tu cries sur les voisins dans le couloir ?"
"Ben comme toi Andy, quand on dit des choses méchantes, je me mets en colère. C'est pour ça que je t'en veux pas de te défendre. Les gens...ils te disent des choses violentes, et les mots ça fait aussi mal que les poings. Les poings ça frappe le corps, et les mots ça frappe le cœur. Alors pour leur faire mal je leur réponds aussi avec des mots. Toi tu te bats, moi je crie.... Chacun son truc pour mettre l'adversaire à terre hein ?" Et puis les années passent...
"Papa ? pour faire plaisir à maman j'ai trouvé : on va aller voir mamie, j'ai pris les billets d'avion"
"Andy ! Non...laisse tomber. Maman elle veut qu'on soit tous les 3 cette année."
"Mais pourquoi elle pleure alors ?" "Laisse tomber Andy."
Déjà 10 ans avec eux, 10 ans tous les 3, toujours tous les 3... J'étais tellement bien avec eux... Mais pourquoi je sentais qu'eux étaient de plus en plus mal avec moi ? On avait le droit de voir personne ! Et puis un jour j'ai compris. "Andy, je vais voir papi et mamie pour récupérer ton cadeau d'anniversaire. Ils peuvent toujours pas venir cette année. Reste à la maison". Forcément je l'ai pas fait. J'ai suivi mon père... Pour découvrir que papi et mamie...ben ils habitaient à côté, à 5 blocs de là dans le quartier huppé. J'ai vu mon père rentrer dans une maison assez classe... Je

me suis mis sous la fenêtre. Il a salué froidement mes grands-parents et leur a dit :

"Je passe parce que vous répondez pas à mes messages. Je tente encore le coup : vous avez prix quelque chose pour Andy cette année ? Papa maman ! Il va avoir 16 ans et il commence à se poser des questions, et j'arrive pas à lui dire la vérité ! Pourquoi ? Mais parce qu'elle le tuera cette vérité : Andy, tes grands parents te détestent parce que tu es adopté ! Pour eux, c'est pas naturel d'arriver dans une famille comme ça ! C'est ça que vous voulez que je lui dise ? Qu'on a arrêté de vous voir, vous et les parents de sa mère parce qu'au premier Noël il avait pas de cadeau parce qu'"il faisait pas partie de la famille" ? Je pourrais tout lui dire. Andy : nos familles, nos amis te détestent sans raison. Aimer c'est tout donner à un inconnu pour qu'un jour il le soit plus jamais... Ben haïr c'est tout garder face à un inconnu pour qu'il le reste toujours ! Et nos familles te détestent, et nous détestent parce qu'on t'aime ! Parce que quand on comprend pas, on déteste, ça va plus vite que de faire l'effort de comprendre et d'évoluer! "Mais pourquoi vous avez adopté un gosse ! Les enfants adoptés c'est des cas soc' ", "il va vous apporter que des emmerdes !", "vous auriez dû prendre une mère porteuse"... C'est ça qu'on se prend dans la figure depuis 10 ans, 10 ans à défendre notre fils...Oui, c'est NOTRE FILS ! Rien de sanguin avec lui ? J'ai peut-être aucun gène en commun avec lui, mais il est bien plus mon fils que je suis le vôtre ! Mais non c'est pas un cas social ! oui il se bagarre... Ce "p'tit con" comme tu le dis maman, c'est ma raison de vivre ! Et si j'étais encore la tienne, jamais tu me dirais ça !"

Un temps.

Il a dévisagé mes grands-parents de haut en bas... Et il est parti en claquant la porte. Sa mère s'est mise à pleurer et son père l'a prise dans ses bras en lui disant "tu vois, je te l'avais dit, on n'a plus de fils depuis longtemps". Quelle ironie de voir de bons parents qui n'arrivent pas à avoir d'enfants, et de mauvais qui en ont mais n'en veulent plus.

Mon père est parti dans une boutique m'acheter un baladeur cassettes, l'a emballé dans un paquet bleu avec un nœud vert... Et une semaine plus tard, j'ouvrais de la part de mes grands-parents, un paquet cadeau bleu avec un nœud vert... face à mes parents qui avec un grand sourire m'ont demandé d'écrire à mes grands-parents pour les remercier. Mes parents me mentaient depuis le début. Ils me protégeaient de la stupidité humaine qui veut... Que quand on est différent... On est coupable. On est coupable de ne pas être comme la majorité, condamné à souffrir pour le simple fait de ne pas être une norme... Et qu'on préfère détester un inconnu au lieu de l'aimer pour qu'il ne le soit plus. Putain de monde qui n'a pas compris que le seul problème qui nous empêche d'être heureux, c'est qu'on refuse de comprendre ce qui ne nous ressemble pas.

Mes parents ont passé mon enfance à prendre ma défense, à prouver leur amour pour moi, à prouver que j'étais un bon choix... Et à 6 ans, j'ai cogné Christopher. Et j'ai donc donné raison à tout le monde. Mais mes parents eux, ils se sont battus pour moi, ils ont continué à se foutre à dos toutes leurs familles, tous leurs amis dont les enfants avaient peur de moi... On était tous les 3, tout le temps tous les 3, parce que mes parents me protégeaient des autres qui voulaient se protéger... De moi. Ils avaient tout sacrifié par amour, alors par amour, je leur ai fait le plus beau cadeau... Je leur ai jamais dit que je savais. J'ai respecté leur choix et j'ai compris leur mensonge. Par contre dès que j'ai eu 18 ans j'suis parti pour leur rendre leur liberté. Avec moi, on était 3 mais ils étaient seuls. Ils m'avaient fait quitter l'orphelinat, mais à cause de moi moi c'étaient eux qui y étaient entrés. Mais ils m'avaient appris ce que c'est que d'aimer quelqu'un. Aimer, c'est tout donner à un inconnu pour en faire la personne la plus importante de sa vie.

CHANGEMENT D'ECLAIRAGE.

Alors mon père ? Mon existence entière est un pêché. J'ai passé ma vie à frapper et les coups les plus forts je les ai donnés sans m'en rendre compte. Alors pardonnez-moi pour le crime que je vais commettre ou pardonnez-moi pas j'men fous. Je vais tuer quelqu'un. Oh oui je vais le faire ! Parce que je peux pas être celui qui cogne et toujours esquiver ! On passe son temps à se défendre de ceux qui nous attaquent... Mais on oublie de se défendre contre soi-même ! On crie sur les autres : c'est lui, c'est elle, c'est le voisin, c'est la société c'est le gouvernement, et merde ! Regardez-vous tous dans le miroir et vous verrez que vous vous faites bien plus de mal que jamais personne ne vous en fera dans toute votre vie. Alors ce soir mon père, et toi l'ami, je vais porter un coup fatal à la seule personne qui est vraiment responsable de mon malheur et de celui des autres. Je m'en fous que ce soit un pêché, je m'en fous d'aller en enfer, de toute façon c'est de là que je viens ! Dieu m'a adopté lui aussi ! Et puis pourquoi ce serait un pêché ? Mon fils ? ben justement, si y'a bien une personne à qui je pense...c'est à mon fils, mon père.

Un temps.

En face de moi...Le silence. Le même silence que j'ai lancé à Sam quand elle est partie. Peut-être qu'il pense que je le ferai pas vraiment... Peut-être qu'il espère que je le fasse pas. Tout ce qu'il me dit c'est "que Dieu ai pitié de toi mon fils". Dieu ? Pitié ? Vu ce que je m'apprête à faire il devrait plutôt être fier. C'est moi qui vais avoir pitié de lui...

Il fait un signe de croix. Et s'en va.

J'ai encore quelques détails à régler. 5h. Le Secrétariat du commissariat de Police est donc fermé. Cette lettre, c'est ma rédemption. Quitte à aller en enfer, autant que j'y passe le moins de temps possible.

Il sort une lettre de sa poche.

Désolé Mickael. C'était moi. Je sais que ça fait des années que t'attends cette lettre. Et si ce soir je me libère, je dois te libérer aussi...Et libérer Sam.

Il met l'enveloppe dans une boîte aux lettres.

Et puis je me rends dans une petite armurerie sur West Magnolia boulevard. Putain de pays hein ? On n'a pas le droit de montrer les seins d'une femme à la télé, par contre on peut acheter un flingue en 30min. Un Berretta compact 9mm. Voilà les derniers 800 dollars que je dépense de ma vie. Ce que j'aime c'est le sourire du gars qui me vend ce flingue, cette fierté qu'il a, à me vanter la puissance de tir, la facilité de la prise en main, et l'efficacité de ce flingue à bout portant. Plus il me parle, plus je rigole. Il doit me prendre pour un fou. Mais il me le vend quand même. Pas de sac, pas besoin, pour le reste du chemin j'ai la planque idéale.

Il met le pistolet dans un de ses gants et les gants dans un sac.

Je pars. Je fais un détour par chez nous, chez Sam, juste pour voir sa fenêtre éclairée, juste pour être sûr qu'elle soit pas chez moi... Et pour voir mon fils une dernière fois. Adieu Jack. Tu le sais pas encore, mais je te sauve la vie. A toi, et à ta mère. Je fais comme mes parents. Je choisis le meilleur pour mon enfant. Et puis je rentre, je regarde une dernière fois par la fenêtre cette ville de barge, ce pays de barge, ce monde de barge, le décor et les figurants du film de ma vie... Un Monde que je vais quitter et qui va quand même continuer à tourner... À tourner mal mais à tourner quand même. Je choisis ! Je choisis de gagner ou de perdre. Et ce soir je gagne... Enfin.

Il sort une feuille, un stylo et se sert un verre d'eau et pose les gants devant lui.

A celui qui me lit. On a tous une bonne raison de se foutre en l'air et on a tous un milliard de raisons de pas le faire....

NOIR

ACTE 5 SCÈNE 1 : COUP DE FOUDRE / COUP DE SANG

Musiques : "Say something" de A Great Big World , et "Teenage Dream" (cover de Katy Perry par "the Rescues")

LUMIÈRE PRORESSIVE

Matinée, devant le Malone Boxing Club. Le bâtiment est flambant neuf, et lumineux. Andy est en train de diriger des ouvriers qui fixent son enseigne.

ANDY :

Un peu plus à gauche, voilà encore un peu... Non mais pas autant merde ! Voilà, maintenant on descend... tout doucement... Oh sérieux faites gaffe cette enseigne m'a coûté un bras, et le reste de l'école, tout le reste du corps ! Comment je vais faire pour donner mes cours ? Quoi ? Désolé M'sieur Malone ? Au lieu de t'excuser champion, fait gaffe à c'que tu fais ! STOP ! On s'arrête ! C'est parfait. Non non non ! Bougez plus rien ! C'est parfait.

CHANGEMENT D'ÉCLAIRAGE

Andy arrive en avançant, en cachant les yeux de Sam.

ANDY :

Attention t'es prête ? Ouvre les yeux. Et voilà ! Le Malone Boxing Club ! Regarde Sam ! Elle est pas belle cette enseigne ? Comment ça "mouhai" ! Tu vas voir toi ! Et toi Jack t'en penses quoi ? Et ben voilà des encouragements ! Quoi ? Mais bien sûr que tu pourras boxer fils ! T'es ma vie, alors à vie tu as la gratuité des

cours ! Ici, c'est chez nous. Combien ça a coûté ?
T'inquiète, j'me suis débrouillé. T'inquiète !

(Très sérieux voir menaçant)
J'ai dit t'inquiète, ça veut dire "ferme ta gueule". Si je
te dis que c'est bon c'est que c'est bon. Ok ? Donc tu
souris, comme doit sourire la femme du patron et tu
arrêtes.

(Il reprend petit à petit sa joie)
C'est chez nous ici Sam ! Regarde ma belle, viens voir
! Regarde ce bar, en bois brut ! Oui Jack, c'est tous les
articles que maman a gardés ! Enfin que j'tavais dit de
garder ! Tu vois que ça allait servir un jour ! Et les
Rings ! Bien sûr qu'il en faut 3 ! Cette école va être
blindée ! Il va falloir accueillir du monde ! Et encore 3
rings c'est le minimum dans 1 an je pousse les murs
pour en construire un 4ème. Mon sponsor m'a lâché
alors j'ai dû trouver les sacs de frappe moi-même mais
regarde sérieux regarde !

Il donne une série de coups dans un sac accroché.

Voilà ce qui va résonner ici 8 heures par jour 6 jours
par semaine ! Et les vestiaires ! J'ai fait peindre les
casiers avec mes couleurs, celles de mon peignoir du
championnat du monde ! Tu vois Sam, dans 1 an
quand le club aura décollé tu arrêteras de bosser à
l'hôpital et tu feras l'accueil parce que quand on vient
boxer, on a envie d'arriver et de partir avec le
sourire... Et t'es le plus béau que je connaisse ! Et toi
Jack tu seras la mascotte, tout le monde te parlera !
T'es le fils d'Andy Malone quand même ! Le fils du

Boss, on le respecte autant que lui ! Ouais.... Ouais ici c'est chez nous. Et bientôt on sera tous les 3 ici.

(Reprend son air sérieux et menaçant)
Si, tu travailleras ici. Si ! Parce que comme ça on sera tous les 3 ! Toujours tous les 3 ! C'est ça une famille, on reste ensemble tous les 3, on fait tout ensemble, on est un bloc, on se supporte comme ça rien de mal peut nous arriver. Et cette école, c'est ici qu'on se reconstruit. Pourquoi t'es pas contente ? Putain t'en as pas marre de casser nos rêves ? Je te dis que ça va marcher ! Je commence pas un combat que je sais perdu d'avance !

(Il monte et explose en colère)
Tu me soutiens ou tu dégages ! Soit t'es dans mon équipe...

(Il menace de la frapper)
...Soit t'es mon adversaire !

Il retire son geste doucement.

C'est bien ce que je pensais. Ça va marcher. Ça va marcher. Ça doit marcher.

ANDY (À LUI-MÊME) :
Ça doit marcher. J'ai pas le choix. Tout le fric qu'il me reste de mes derniers combats... Est-ce qu'on peut appeler ça des combats ? Enfin... Tout ce qui me reste est passé là-dedans. Après les 3 dernières années passées à vendre mon âme au diable, j'ai enfin trouvé la solution pour remonter la pente dignement... J'ai tout perdu sauf le plus important : j'ai la boxe... Et ma famille. Je suis donc indestructible.

Appartement d'Andy et Sam. Andy rentre chez lui, pousse la porte et sans même enlever sa veste, se met à parler à Sam.

ANDY (À SAM) :

Sam ? Damon a appelé ? Je sais qu'il a dit que plus jamais il voulait me voir, mais putain il m'a entraîné pendant 15 ans, on largue pas quelqu'un comme ça ! Surtout que son école est pas loin de la mienne et je veux pas foutre le bordel dans sa vie. Même s'il m'a planté... Je veux pas être son concurrent ! C'est contre la vie que je me bats, pas contre lui. Lui, il m'a rien fait. Et puis dans un an grand max il me suppliera de travailler avec lui et je fusionnerai les 2 clubs !
Damon, après Sam et la boxe, c'est ma plus belle histoire, et une si belle histoire ça se termine pas comme ça.
Je reviens Sam ! Je reviens ça y est ! Tu le sens ?

D'habitude elle me suit... Mais là je sens qu'elle est pas là. Alors que quand je cognais les autres, quand j'en prenais plein la gueule, elle hurlait dans les tribunes ! Quand je me suis mis à genoux pour me faire du fric sur des combats de merde, elle m'attendait dans la voiture, garée juste à côté pour qu'on puisse partir vite, en me disant "ça va passer, tu remonteras Andy".... Et Maintenant que je trouve la solution pour être heureux tout le reste de ma vie, honnêtement, dans un boulot normal...
Sam....Pourquoi tu me suis plus ! Je commence pas un combat quand je sais que je vais le perdre. Tu le sais non ?

Un temps.

Je passe 6 mois à faire de la com' de partout ! Radio, flyers, affiches, réseaux sociaux ! Je donne même quelques billets et des contacts qui m'ont pas encore descendu dans la presse pour avoir un peu de pub. Et 6 mois après avoir posé l'enseigne... Sam t'y croyais pas, Damon ça te faisait chier que je le fasse et que j'y arrive, mais je l'ai fait : Je déclare ouvert le Malone Boxing Club. Et le premier cours...

Il se met au centre de la scène et s'adresse au public comme à ses élèves. La salle de spectacle est désormais l'intérieur du Malone Boxing Club.

CHANGEMENT D'ECLAIRAGE

Bonjour à tous. Et bienvenue au Malone Boxing Club. Si vous êtes ici... c'est soit que vous avez envie de cogner, soit que vous avez besoin de le faire. Dans tous les cas, je peux vous promettre une chose : d'ici quelques semaines, ce sac de frappe en saura bien plus sur vos vies que n'importe lequel de vos proches. Parce que c'est ici que vous allez cogner ce que vous aimez...

Il frappe le sac.

Ce que vous détestez...

Il cogne encore plus fort.

Ce qui vous fait pleurer...

Il cogne toujours plus fort.

Ou ce qui vous fait peur ! Ce sac de frappe...

Il enchaîne plusieurs coups violents et très techniques.

C'est votre âme ! Plus vous le frappez avec intelligence et envie de progresser, plus il vous aidera. Par contre plus vous le frappez pour de mauvaises raisons.... Et plus il vous renverra vos coups. Parce qu'ici je vous apprends la boxe ! Je vous apprends pas a cogner le 1er venu dans la rue ! Je veux du respect, je veux du progrès, je veux que vous oubliiez votre vie au moment où vous mettrez un pied sur le ring, pour ne penser qu'à une chose : Vous défendre. La boxe c'est 2 personnes qui se défendent, on bourrine pas chez moi !
Direct ! Crochet ! Uppercut ! Y'a que 3 notes en boxe, c'est pour ça que ça parait simple, et que tout le monde se croit capable de jouer... et pourtant... Et pourtant chaque morceau que vous allez jouer sur le ring va être différent à chaque fois ! Mais si vous êtes là c'est parce que vous avez envie d'apprendre à vous faire confiance. Je vous promets que chaque semaine vous rentrerez chez vous crevé... Mais mieux que quand vous êtes arrivés. Et qui sait... Ce sport changera votre vie comme il a changé la mienne. Parce que j'étais comme vous y'a 15 ans, j'étais là à écouter le speech de mon coach. Qui sais... Parmi vous, il y a peut-être le prochain Aly, le prochain Tyson... Ou le prochain Malone ! En tout cas pour le moment vous êtes vous, et c'est tout ce qui compte. Et la première règle la voici...heu... Je vais demander à l'un d'entre vous de venir... Tiens-toi ! Viens n'aie pas peur ! Comment tu t'appelles ? Oliver ? Bon, Oliver je vais te demander un truc super simple : frappe moi !

Pourquoi tu rigoles champion ? T'es pas venu pour frapper quelqu'un ? T'es venu pour boxer ou pour faire du yoga ? T'es venu pour boxer ? Ben frappe moi ! Allez vas-y putain mets-moi un bon direct en pleine figure ! Vise pas un truc facile comme le ventre ou l'épaule. Mets moi un direct, essaie de me foutre K.O, Oliver. C'est pas tous les jours qu'on peut aligner un multiple champion de boxe ! Allez Oliver putain vas-y ! T'en fais pas j'suis pas con j'esquiverai ! Si ça peut te rassurer ! C'est pas marrant de se prendre des coups, surtout de la part d'un newbie devant 50 élèves. Alors t'en fais pas, je ferai tout pour pas le prendre. Allez Oliver ! tu prends une grande respiration et tu cognes !

Il esquive légèrement.

T'as visé là !

Il montre un point loin de son visage.

Merci, on peut tous applaudir Oliver. Voilà votre toute première leçon de boxe : ne faites pas semblant de frapper. Frappez ! Et maintenant : échauffement ! Tour de piste, pas chassés.

CHANGEMENT D'ECLAIRAGE

Sauf que ce premier cours... Il a jamais eu lieu. À chaque fois que le téléphone du club sonne, à chaque fois qu'une personne passe l'entrée, je rêve de ce premier cours... Mais personne ne vient. Je commence jamais un combat que je sais perdu d'avance... Mais là c'est pas un combat, c'est un rêve. J'ai rêvé cette école, j'ai rêvé ce premier cours... Et c'est vrai qu'à force de rêver j'ai arrêté de voir la réalité en face. Mais Sam, elle la voit tous les jours :

SAM :

Regarde Andy, regarde ! Ça fait 3 mois que tu as pas un seul client ça t'inquiète pas ?

ANDY :

Ben non ! Une entreprise ça prend le temps de se construire.

SAM :

Pas un appel, pas une personne ! Andy putain réveille-toi ! Depuis tes derniers combats t'es étiqueté menteur ! Déjà que ton image était pas super après le championnat du monde... Mais là tu te rends pas compte ! T'es impopulaire, tu sais ce que ça veut dire Andy ? Ça veut dire que tu es connu pour tes échecs et pour tes crimes ! Pour le monde entier t'es un menteur ! On est en Amérique Andy ! Ici tu trahis la confiance des gens tu la perds à vie !

ANDY :

Et tu veux qu'on fasse quoi ? Qu'on déménage ? Qu'on change de pays ? Non ! Tu dis n'importe quoi ! T'y connais rien de toute façon !

SAM :`

Arrête tout Andy ! Tu veux te racheter mais c'est trop tard ! T'as perdu ! Là t'es en train de te battre, tu crois gagner alors que tout le monde sait que c'est foutu.

Il s'avance vers elle et la prend à la gorge.

ANDY :

Arrête ! Je te dis que c'est pas vrai ! Je sais ce que je fais, alors soit tu me fais confiance soit tu pars. Alors ? J'suis un menteur pour toi aussi ?

ANDY (À LUI-MÊME) :

Elle a raison. Je mens. Mais je me mens à moi-même en refusant de la croire. Si je me mets à la croire je suis foutu. J'agonise, je sais que j'agonise... Mais au moins dans la douleur, je suis vivant.

Changement d'éclairage. Le temps passe. Andy et Sam sont habillés différemment.

SAM :

Andy. Ça fait 6 mois. Viens on arrête. Et oui on part, on change de pays...on va où tu veux. Là-bas tu reprendras la boxe ou je sais pas ! Mais tu te reconstruiras, on se reconstruira tous les 3 ! Toujours tous les 3 ! Mais ici c'est foutu T'es une blague sur les réseaux sociaux ! Avant on se moquait de tes combats maintenant on se fout de ton club. Les gens font des selfies devant pour se foutre de ta gueule ! La presse parle de toi pour illustrer les pires reconversions de l'Histoire du sport... Tu as perdu tes fans, et un fan en colère... Une personne qui t'aime en pousse une autre à t'aimer, mais une personne qui te déteste en pousse 10 à te haïr.

ANDY :

J'ai encore des fans et tu sais pourquoi ? Parce que si j'ai plus de fans j'ai plus de boxe et si j'ai plus de boxe, j'ai plus rien !

SAM :

Ben...tu m'as moi...et Jack...tous les 3 ? Vient, on part.

ANDY :

NON !

Changement d'éclairage plus intime sur Andy.

ANDY (À LUI MÊME) :

1 an à m'en prendre plein la gueule par tout le monde ! Critiques de presse, critiques d'anonymes sur le net, tags, insultes devant le club.... Je suis devenu un punching ball qui se laisse frapper, persuadé qu'un jour il trouvera la force de répondre. Je viens tous les jours pendant 1 an, 1 an à passer mes journées à attendre avec le petit newbie que j'ai pris en stage pour faire l'accueil...

L'éclairage reprend plein feu.

OLIVER (LE STAGIAIRE) :

"Vous en faites pas Mr Malone, les clients ils vont venir. Vous voulez que je retourne tracter aux arrêts de bus ? Je peux essayer de faire une com' virale sur Insta ou lancer un trend tiktok ou..."

ANDY :

Non. Ça fait bientôt 1an. Tu sais quoi ? T'es viré. Rentre chez toi...Oliver.

Éclairage intimiste.

ANDY (À LUI MÊME) :

Oliver part, et quand la porte claque, je sais que plus personne ne passera plus jamais la porte du Malone

Boxing Club... et donc que la boxe...c'est fini pour moi. Je viens de me faire plaquer par l'amour de ma vie. La boxe a décidé pour nous 2 que c'est fini... que je suis fini. J'ai pas le choix, juste le droit de subir. Ouais... subir...

Il regarde son sac de frappe et lui parle.

"Pourquoi tu me fais ça ? Je t'ai tout donné ! J'suis perdu sans toi ! J'suis rien sans toi c'est toi qui m'as fait ! Tu peux pas me laisser tomber...pas maintenant...je suis pas prêt...

Il cogne le sac.

Aime-moi ! Aime-moi ! aime-moi ! Aide-moi ! Sauve-moi ! Sauve-moi s'il te plait sauve-moi !

Il arrête de cogner.

Je regarde ce sac comme si je veux le faire changer d'avis, comme si j'espère un éclair de lucidité, une dernière chance. Mais rien. K.O. L'uppercut fatal donné en plein coeur par l'amour de ma vie. Je suis mort. A ce moment précis je vois le monde tourner sans moi, je vois que j'y ai plus ma place, plus de rêve, plus d'espoir... Ça me trotte dans la tête depuis quelque temps... Parce qu'on a tous un milliard de raisons de l'faire...Mais y'en a une qui compte plus que les autres.

Un temps.

SAM :

C'est pas grave Andy, on va rester tous les 3, on y arrivera. T'as pas tout perdu.

ANDY :

J'essaye. Pendant environ 6 mois je me lève avec comme seul but d'exister. Exister. On n'a pas conscience d'exister. On est. On vit. Mais quand t'as plus rien, que t'es plus rien, qu'il faut se reconstruire, t'as conscience d'exister, t'as conscience de ne plus exister et tu dois trouver un moyen de faire un truc qu'on t'a jamais appris : être. Je me lève, je vois mon gosse aller à l'école, ma femme aller travailler... Je regarde par la fenêtre et je vois toutes ces personnes se rendre d'un point A à un point B... Et plus les jours passent, plus je vois que moi mon point B, il est derrière moi. Quand on n'a qu'une chose dans sa vie, qu'on l'a eue, quand on a vécu pour et par sa passion, on peut pas vivre autrement. Non. On survit, mais on vit plus. Tous les soirs Sam me demande si j'ai trouvé du travail... Mais je cherche pas. Je suis un boxeur, je suis fait pour boxer, je sais rien faire d'autre et je suis bon qu'à ça. Pendant 6 mois je vois Sam faire des horaires de dingues pour s'occuper de Jack et de moi... T'es un ange Sam. T'es une putain de meuf. Tu mérites pas que je t'entraîne vers le fond comme ça, toi et Jack. J'suis mort... Mais Toi et Jack vous avez encore tellement de choses à vivre... Sauf que tu m'aimes trop, tu me quitteras jamais... Ouais. Elle me quittera jamais. Ni elle, ni Jack. Et s'ils m'aiment quand je pars... je vais gâcher leur vie. Plus d'autre solution, faut que je le revoie. Y'a plus que lui de toute manière.

Un temps.

Il va dans un coin de la scène. Il est dans la pénombre, dans une ruelle.

ANDY (À UN INCONNU) :

Oui je sais, moi aussi je m'attendais pas à te revoir. Quand on s'est quitté tu m'as dit que tu m'en devais une. C'est toujours O.K ? Tu tiens tes paroles ou pas ? Ben quoi , je peux en douter ! On s'est connu dans le mensonge, donc je sais que tu sais faire ! Bon, tu m'en dois une ou pas ?O.K. Je veux que tu détruises mon club. Il me sert à rien et j'ai besoin du fric de l'assurance. Fais le brûler. Si la chaudière explose, elle détruit toute l'aile ouest, le ring principal en flambant devrait enflammer les 2 autres... et l'entrée... mon bar en bois brut. Ça aura lieu samedi après midi. Y'a la fête de l'école de Jack et je tiens un stand à la con. On va me soupçonner en premier c'est normal, moi au Sam. Là on sera présents tous les 2. C'est bon ? Ok. Donc maintenant on est quittes. On se reverra pas. Plus jamais. Tu m'oublies, je t'oublie, on s'oublie. Ce que je compte faire de cet argent ? Sauver ma vie... encore.

Un temps.

ANDY :

Et tout se passe comme prévu... Pour une fois. À la fin de la fête de l'école de Jack, 2 officiers de police nous emmènent au commissariat. Sam pleure, Jack aussi... Et moi je suis sous le choc... Je fais pas semblant. Pour une fois je fais pas semblant. Parce que je peux plus reculer : mon dernier combat est en marche. Je vais bientôt atteindre mon point B. On m'explique que mon club a complètement brûlé. Un incendie sûrement criminel, mais qu'il va y avoir une enquête. Les flics enquêtent pour trouver, qui est mon ennemi, et l'assurance enquête pour savoir si je suis pas le leur. Ce qui est le cas. 5-6 mois d'enquête à voir Sam se rendre malade, haïr le monde d'avoir détruit ma vie... À elle non plus j'lui dirai jamais la vérité. Je mens, encore. Mentir, c'est comme l'alcool, on boit et on se dit toujours qu'on n'est plus à un verre près, jusqu'à ce qu'on en meure. J'arrive à tenir ces mensonges, j'arrive même parfois à ne plus savoir ce qui est vrai ou pas, et je passe de criminel à victime, des pleurs à un sourire discret d'enfin réussir quelque chose...de bien ? De mal ? quelque chose. Et puis un matin l'assurance appelle

L'HOMME DE L'ASSURANCE :
Mr Malone. C'est bien criminel. Sûrement des jeunes qui voulaient s'amuser. Ils savent plus s'amuser sans détruire maintenant les jeunes.

ANDY (À LUI MÊME) :
Moi c'est vivre que je sais plus faire sans détruire.

L'HOMME DE L'ASSURANCE :
Vous êtes indemnisé à 100%. Je pense qu'on saura jamais qui vous a fait ça. On va laisser une enquête ouverte mais...

ANDY (À LUI MÊME) :
Mais c'est juste un moyen hypocrite de dire qu'officiellement vous cherchez alors que vous vous en battez les couilles parce que me rembourser $500,000 vous fait perdre moins d'argent que travailler.

L'HOMME DE L'ASSURANCE :

Vous allez recevoir un chèque de, exactement 422 218 dollars. Et on va faire un dernier point avec vous. Je vois que vous êtes 2 à être clients chez nous : je fais le chèque à votre nom ?

ANDY :

Non, faites-le à Sam... C'est... C'est elle qui gère les comptes. Vous savez, je suis un boxeur. Moi je suis le corps, la tête, c'est elle.

Un temps.

On rigole à ma blague nulle, deux menteurs jusqu'au bout. Je reçois le chèque une ou 2 semaines plus tard un mardi matin. Mardi après-midi je vais pas chercher Jack à l'école. Je disparais pendant 48h. Je prends un hôtel sur Santa Monica. Cette chambre va être mon dernier "chez moi". J'ai plus de chez moi de toute manière. Ma maison c'était le ring, et je l'ai brûlé.

Un temps.

48h plus tard, après 250 appels en absence sur mon téléphone, je réponds enfin à Sam qui m'insulte autant qu'elle pleure : je t'envoie l'adresse par texto. Viens après ta garde de nuit, et viens seule.
Elle arrive vers 5h du mat. Je dors pas. De toute façon ça sert plus à grand-chose que je dorme.
Elle arrive, le regard noir, comme si elle essaye de me faire mal... Sauf que son regard il est déjà rempli de larmes et c'est plus ça qui me fait mal. Je prends sa veste, en glissant le chèque de l'assurance dans sa

poche... Et on se met face à face. J'entre sur le ring, le combat commence.

Un temps.

Je t'aime plus Sam. Voilà, c'est aussi simple que ça: je t'aime plus. Ça fait presque un an que je te regarde aller au boulot , t'occuper de Jack : et je te déteste ! Je t'en veux d'avoir une vie là où moi j'en ai plus. Tu m'as volé ma vie. Je te hais. Je te jalouse ! De toute façon tu sais que la jalousie c'est mon gros problème ! Bien sûr que je pense à Mickael en disant ça ! Parce que tu l'as bien cherché ! C'est de ta faute tout ça ! Tu sais très bien que sans ça, sans toi on en serait surement pas là. T'es belle, t'es géniale, t'as une vie, t'as des amies, t'as un fils qui est amoureux de toi, qui te regardes comme si t'étais une star de la télé... Et moi ? Moi je suis le cas soc' de Sam, la loque de Sam, la tâche qui fait honte à Sam. Je suis ton " qu'est-ce qu'elle fout avec un mec comme ça", ton "elle vaut mieux que ça", ton "qu'est-ce qu'elle lui trouve". Et toi t'es une preuve constante que j'ai loupé ma vie et à chaque fois que je te vois, je vois mes échecs ! T'es la cicatrice de mon accident de la vie. Je te déteste Sam ! Tu comprends ça ? Non je te largue pas ! Bien sûr que non ! Grâce à toi je peux passer ma journée à rien foutre ! Tu travailles, tu ramènes la tune, tu t'occupes du gosse ! Et moi tout ce que j'ai à faire c'est mater la télé et faire semblant de chercher du travail parce que je cherche pas Sam ! C'est pas vrai ! Je te mens ! Je me fous de ta gueule et j'adore ça ! Quoi ? On va s'en sortir tous les 3 ? Mais y'a pas de tous les 3 ! Y'a toi et Jack à mon service vous êtes mes putains de marionnettes ! Je sais que vous m'aimez alors je fais ce que je veux de vous ! Je vous ballade ! Tu comprends ça ? Je te détruis et je prends plaisir à le faire ! Je suis un sadique, je suis un monstre, un pervers narcissique qui kiffe de voir des gens crever par amour pour lui ! J'aime te faire du mal ! Et là ce soir j'ai envie de te le prouver ! Alors Sam, je te le demande : Largue-moi ! Non je vais pas le faire ! C'est à toi de le faire! Moi j'ai aucun intérêt ! Tu t'occupes de moi, pourquoi je partirais ! Allez ! Vas-y ! Quoi ? Mais rien à foutre de notre histoire ! Je le connais notre passé ! Tu crois quoi ? Qu'en me reparlant de notre première rencontre je vais retomber amoureux ? Je sais que tu m'aimes ! Et c'est bien ça le problème ! Tu m'aimes trop ! J'étouffe ! J'en ai marre d'avoir quelqu'un que je peux engueuler, à qui je peux faire peur, et qui me supplie tout le temps ! Ton amour pour moi est pathétique, c'est même plus amusant de te faire du mal ! Je veux du répondant en face ! Je veux un adversaire ! Hein Sam ! T'entends !

Il la gifle.

Largue-moi ! Dis-moi que c'est fini ! Allez Sam, sauve ta vie et sauve celle du petit Jack !

Il la gifle encore.

On peut pas aimer quelqu'un comme moi ! Tu m'aimes parce que tu as peur d'être seule c'est tout ! Moi ou un autre ça serait pareil ! Largue-moi ! Largue-moi ! Allez Sam ! Personne peut encaisser ce que je te fais ! De toute façon tu savais depuis le début qu'un jour ça finirait comme ça ! On a repoussé ! Sam ! On s'est battu pour un combat qu'on savait perdu d'avance ! Et je veux que tu le gagnes ! Parce que si tu gagnes au moins Jack a une chance ! Toi j'en ai rien à foutre mais Jack lui ! Avec moi il a aucune chance alors qu'avec toi... Alors largue moi ! Regarde ! Je me mets à genoux et je te supplie de refaire ta vie sans moi de t'occuper de Jack et de me laisser ! Parce que je suis un lâche et que j'ai pas le courage de le faire et que je te jure que si tu le fais pas, je vais nous pourrir la vie jusqu'à ce que tu le fasses ! Sauve votre vie ! Et libère-moi de toi ! Barre toi de ma vie !

Il la gifle une dernière fois, Sam tombe.

LAISSE-MOI !

Un temps.

ANDY (À LUI-MÊME) :
Après un long silence, elle lève les yeux. Sam, ma guerrière, la femme la plus forte que je connaisse, bien plus forte que certains boxeurs que j'ai affrontés. Tellement forte qu'elle serait capable de mourir par amour pour moi. Plus maintenant. J'ai gagné le combat par manipulation de l'adversaire. Elle me regarde d'un regard noir, retient ses larmes pour ne pas me montrer que j'ai gagné. Un regard rempli de haine. Elle serre le poing, prête à rendre les coups... Mais elle vaut mieux que ça, elle le sait. Elle touche sa joue sur la marque rouge que je lui ai faite, et pendant ce laps de temps durant lequel elle caresse sa cicatrice, elle me regarde, ne me quitte pas du regard. Je connais ce regard, c'est celui que j'ai quand je viens de m'en prendre plein la gueule mais que je sais que j'ai gagné. Elle va me mettre K.O. Et j'attends que ça.

SAM :

Bien joué Andy. Tu viens de perdre ta famille, ton humanité et ton âme. Et tu viens de perdre ta virilité Andy. Frapper une femme pour montrer que t'es un homme ? Mais frapper une femme ça montre au contraire que t'en n'est plus un. T'es plus rien. Si, t'es de la pitié, du pathétique, une coquille vide qui ne mérite rien. Tu m'as pas blessée, en devenant ce que tu es maintenant, tu viens de te tuer. Tu viens de te tirer une balle dans le cœur. Adieu Andy.

Sam part. Andy regarde sa main qui a giflé Sam, tombe à genoux, et pleure.

NOIR

ACTE 4 SCÈNE 1 : COMMENT J'AI VENDU MON ÂME AU DIABLE

Musiques : "My songs know what you did in the dark" des Fall out boys et "show must go on" de Queen.

Championnat du monde de boxe. Le Liberty Stadium, 30 000 spectateurs autour d'un ring. Au centre, Andy est à terre, torse nu, en tenue de boxe. Il est sonné, K.O.

ANDY :

Tout tourne autour de moi... Mon dos, mes muscles... refusent de répondre...Je... je peux plus bouger. J'ai mal, le coup que ce connard m'a porté a complètement figé mon corps.... Mais le coup qui me fait plus mal, c'est celui que je me porte à moi-même en essayant de comprendre comment je l'ai laissé me frapper. J'ai mal, et parce que j'ai mal, ma conscience est en train de me torturer à coups de questions à la con : comment t'as fait ? Pourquoi? Et après... Et quand j'ouvre les yeux, la seule chose que je vois, c'est les mains de l'arbitre descendre sur mon visage en sang : 7…8…9…10 ! Le gong explose, rend la foule hystérique qui hurle si fort que le bruit couche ma tête au sol en l'enfonçant dans le ring décibel par décibel... Je suis là, mon corps hurle de douleur, mon âme agonise... Et le coup fatal va être porté quelques secondes plus tard par cette annonce :

LE PRESENTATEUR :

Ladys and gentlemen, à la surprise générale, victoire au 8ème round par K.O contre Andy Malone.... Le champion du monde 2009 catégorie mi-lourd est :

Gale Williams ! Gale Williams est le nouveau
champion du monde !

ANDY :

Les gens se ruent sur le ring ! Certains sont à la limite
de me piétiner. Je tente de tourner la tête pour voir
Sam, elle est plus là. Sam ! Sam j'ai besoin de toi ! Elle
doit être en train d'essayer de me rejoindre. Par contre
Mickael lui, est toujours là, assis sur son fauteuil, il ne
bouge pas, comme un fantôme du passé qui a décidé
de me hanter pour se venger, et qui savoure son
exploit jusqu'au bout. Je tourne la tête de l'autre côté,
mon côté du ring, Parker est déjà au téléphone. Putain
je suis mort ! Si ça se trouve il est déjà en train de
regarder comment rompre mon contrat pour vite aller
signer avec Gale. Quant à Damon, impossible de voir
son regard, pas parce que je ne peux pas, parce que je
fais tout pour l'éviter. Et lui aussi. Ses yeux sont
baissés, il ne bouge pas, il reste figé. C'était son
combat à lui aussi. Et je viens de tout foutre en l'air.
Le coup... lui aussi il l'a pris en pleine gueule, mais lui,
il l'a pris par 2 boxeurs : Gale et moi. Gale m'a tué, et
moi je viens d'assassiner mon coach. Je ferme les yeux
en espérant que tout ça c'est qu'un rêve, que je vais
me réveiller, et quand je me rends compte que c'est
bien réel... Alors je prie mon ami pour tomber dans
les pommes et me réveiller quelques heures plus tard,
pour pas avoir à subir cette humiliation d'être à terre,
pendant que Gale à côté est en train de tendre à la
foule la ceinture... MA ceinture. Au moment où je me
sens partir... Je sens un corps m'écraser et me serrer
fort...et des gouttes couler dans mon coup. Sam est en
pleurs !

SAM :

Andy ! Comment s'appelle notre fils ?

ANDY :

J...Jack. Jack. Notre...fils...s'appelle...Jack.

SAM :

Damon ! Il est encore conscient ! Damon vient m'aider !

ANDY:

Pourquoi tu pleures ?

SAM :

Pourquoi je pleure ? Mais parce que tu m'as fait peur, abruti ! Parce que ça m'fait mal de t'voir comme ça. Je prends les coups avec toi, à chaque fois.

ANDY :

C'est pas moi qui te fais mal hein ? Tu sais très bien que je te ferai jamais mal. Le jour où je le fais, c'est que je suis devenu complètement fou.

Un temps.

ANDY :

Et je tombe dans les vapes. Enfin. Je me réveille assis sur une chaise, toujours dans le gaz, avec Sam qui est en train de soigner mes blessures, et au fond de la salle, mes 2 consciences, mon petit ange et mon p'tit diable.... Mon coach et mon manager en train de se prendre la tête !

PARKER :

Il devait pas perdre Damon ! il perdait pas ! Qu'est-ce qui s'est passé putain ?

DAMON :

J'en sais rien. Crois moi Parker j'suis le premier étonné.

PARKER :

T'es étonné ? C'est tout ? Et ben ça me fait une putain de belle jambe ! Parce que tous les sponsors ont appelé pour rompre leur contrat ! et tu sais pourquoi ?

DAMON :

Ils veulent en signer un autre encore mieux ?

PARKER :

Ah... Tu veux qu'on se marre ? Ben moi aussi je vais te raconter des trucs drôles Damon ! Tout le monde croit...

DAMON :

...à un combat truqué. Je connais mon boulot Parker.

PARKER :

Personne ne domine un combat pendant 7 rounds pour se faire allonger comme une merde au 8ème ! Personne ! Et encore moins au championnat du monde ! On est dans la plus grande défaite de l'Histoire de la boxe ! Sponsors, presse, Internet, réseaux sociaux... On nous lâche et on nous lynche !

DAMON :

Je sais...

PARKER :

Et si là il est K.O ton champion, c'est rien ! Parce que dès demain, ce sont les journalistes et le public qui vont le cogner ! des centaines de milliers de personnes qui vont se déchaîner contre lui. On n'est plus dans les années 80 ou y'avait que la presse spécialisée qui faisait mal ! Aujourd'hui même le trou du cul qui a découvert la boxe y'a 3 heures va nous bâcher juste pour être trending ! Et des connards comme ça, va y'en avoir des millions.

DAMON :

Je sais...

PARKER :

Et ben si tu sais dis quelque chose Damon ! Reste pas calme comme ça !

ANDY (À LUI MÊME) :

Damon l'a regardé droit dans les yeux, lentement il a détendu ses jambes pour se relever et se mettre à sa hauteur, il a pris une grande respiration et lui a dit très calmement :

DAMON :

Et tu veux que je fasse quoi ? Que je remonte dans le temps pour refaire le combat ? Non. La seule chose qu'on peut faire, c'est la fermer. On sort du combat Parker ! les balles fument encore, le sang est encore chaud sur le ring, et Andy ressent encore le point de Williams sur son arcade. Y'a un temps pour tout, même pour la critique et les explications. Mais ça, quand on a jamais foutu les pieds sur un ring, on peut pas le savoir.

ANDY (À LUI-MÊME):
Parker le regarde de bas en haut. Il veut répondre,
mais il sait déjà que Damon a raison, que le combat
est perdu d'avance... Et il part. Le reste de la soirée est
assez flou... Damon et Sam me portent jusqu'à la
voiture, en essayant d'éviter ces milliers de téléphones
prêts à prendre n'importe quelle photo pour me coller
un hashtag et gagner des followers en crachant sur
moi. Je monte dans la voiture, et je me couche. Juste
avant, Sam me demande en colère:

SAM :

Pourquoi Andy ?

ANDY :

Mickael... Je l'ai vu. Il était là, dans les gradins.

Sam le regarde, et sa colère s'arrête.

SAM :

Alors personne doit être au courant.

Elle le prend dans les bras, le serre fort, et pleure.

C'est OK Andy. Je comprends. Tout va bien.

Un temps

ANDY (À LUI-MÊME) :

La théorie du K.O, la fameuse théorie de Damon est
en marche. Je le sais. Il m'en avait parlé au tout début
de ma carrière, je crois même que c'était à notre
première rencontre et j'avais tout fait pour l'éviter.
Mais... c'est en marche.

Revue de presse : "Le combat le plus faux de l'Histoire de la boxe !" , "Andy Malone in the dark" "Malone VS Williams : une victoire achetée" , " Malone est K.O, la boxe a un nouveau roi".
Les titres des journaux sonnent plus comme des épitaphes ! La presse est en train de m'enterrer vivant ! Quant aux réseaux sociaux, les comptes Insta, Facebook, TikTok dont s'occupe Sam ont déjà perdu plus des 3/4 d'inscriptions, et des pages "anti moi" se sont créées. Les hashtags #fakemalone #maloneisdead et #ripmalone sont en trending. Quand on réussit, personne ne vous soutient, quand on a besoin d'aide, personne ne vous porte, par contre quand on est à terre, tout le monde vient assouvir sa méchanceté maladive en vous donnant des coups de pieds dans le dos ! Je suis l'accident de l'autre côté de l'autoroute qu'on mate en critiquant ceux qui matent, la honte qu'on pointe du doigt. Les gens se repassent en boucle l'uppercut de Williams qui m'a mis à terre ! Le monde de la boxe, voir du sport s'arrête... La Terre ne tourne plus, enfin si... C'est ma défaite qui la fait tourner !

(À Dieu)

Hé l'ami ! Tu veux pas balancer une guerre, un raz de marée, un tremblement de terre... ?

(À lui-même)

Si c'était arrivé y'a 4 mois, avec la mort de la reine, ma défaite passait à la trappe, ni vue ni connue. Pas de chance. Là, je suis le seul événement people/ sportif... Et les gens qui ont une vie de merde aiment voir les plus grands avoir une vie encore plus merdiques que la leur. Ça rassure ! Et puis "c'est bien fait pour eux, ils avaient qu'à pas réussir." la jalousie, la plus grande cause de mortalité au monde, la pire maladie humaine.

Un temps.

Sam vient me voir pour me dire que j'ai rendez-vous avec mes 2 mamans : Damon et Parker. Je pourrais leur dire la vérité... Peut être que Parker comprendrait, après tout, lui aussi il est un peu mouillé dans cette histoire... Mais il comprendra pas. Il voudra pas comprendre. Parce que si tout ça est arrivé, c'est parce que j'avais une âme, et que temporairement Parker me l'avait fait perdre parce que lui il en a jamais eue. Non. Je peux pas leur en parler. Y'a un nom qu'on s'était promis de ne jamais plus prononcer : Mickael Davenporte. Après tout : rien ne s'est passé. Sam me conseille de ne pas les voir. Elle me dit :

SAM :

J'veux bien que quand on tombe faut tout de suite se remettre à marcher... Mais là t'es tombé de la Lune, Andy. Décroche les gants. Laisse-toi un mois et décroche les gants. Défonce-toi sur ton sac, lis, joue à la console fais ce que tu veux...je...je m'occuperai de tout. Mais laisse-toi du temps avant de revoir ton équipe. Là, tu prendras forcément une mauvaise décision.

ANDY :

Mais j'suis pas mort Sam ! Pas encore ! Et si je me fais oublier là par contre, ouais, j'suis foutu. Non ! Faut que je sache ! Et puis je peux pas les laisser comme ça, c'est peut être mon coach et mon manager, mais le patron : c'est moi !

Il se déplace.

CHANGEMENT D'ÉCLAIRAGE.

ANDY :

Bon ? On fait quoi ?

PARKER :

On fait quoi ? Tu vas déjà nous dire ce qui t'est arrivé ! Andy tu le tenais ! Williams ! Tu le baladais il était terrorisé ! Le 8ème round c'était censé être le tien. Alors ? La presse me lâche plus Andy, on a perdu nos sponsors et pour le moment t'as plus de combat de prévu... Parce que personne veut plus boxer contre toi !

DAMON :

Williams... sa victoire elle vaut rien. Tout le monde sait que c'est toi qui devais gagner. Résultat : le gars a juste une ceinture de champion du monde pour décorer sa cheminée... Mais lui... Il est plus bas que terre.... Plus bas que toi encore... Vous êtes 2 sur le ring, et le résultat impacte forcément les 2 boxeurs. Là.... Vous êtes 2 à avoir perdu. Personne veut boxer contre toi parce que personne veut être à la place de Williams... Ou à la tienne.

PARKER :

Et y'a pas que Williams qui a perdu ! Les bookmakers sont furax ! T'es un nom à bannir ! Alors faut trouver une solution vite, ou on est foutu et tu peux tirer un trait sur ta carrière et sur tout le fric qu'on était en train de se faire. Pense à ta femme, pense à ton môme... Et prends la bonne décision.

DAMON :

De quoi tu parles Parker ? Quelle décision ? Andy... Andy t'es le meilleur champion que j'aie eu et que j'aurai la chance d'entraîner. La théorie du K.O, Tu sais, ce dont je t'ai parlé... ben si tu veux pas t'la prendre en pleine face, faut avancer ! Saisis l'instant, corrige la trajectoire ! Remonte sur le ring. Oublie tout ce que tout le monde dit sur toi, tant pis, les gens vont te siffler, te huer, te détester et t'auras peut-être que nous dans la salle pour t'applaudir... Mais accepte de repartir à 0. On recommence tout Andy. C'est la bonne chose à faire. C'est pas la plus agréable, mais c'est la bonne décision.

Un temps.

On retourne en championnat régional.

PARKER :

On...quoi ? En régional ? Et pourquoi pas en cours de sport au lycée pendant qu'on y est ? Donc on fout 8 ans de vie en l'air pour 1 round où tout d'un coup t'as merdé ? 8 ans pour rien ?

DAMON :

8 ans à apprendre... Il remontera encore plus vite et plus fort ! Il va donner à tout le monde une belle leçon de vie : on choisit pas de tomber, mais on choisit de mourir ou de se relever après une chute. Andy ! C'est pas parce que t'as pas été champion aujourd'hui que tu le seras pas demain...

PARKER :

Tu le seras plus. C'est fini tu as eu ta chance. Même toi y'y crois plus! T'as perdu confiance. Alors avance ! Profite du système pendant quelques années. Ça sert à rien de se battre pour prouver aux gens que t'es quelqu'un de bien. Dans la boxe, comme dans le catch... On aime les personnages.... Et Les méchants aussi on les aime.

DAMON:

Développe parce que j'ai vraiment peur de comprendre ce que tu lui proposes.

PARKER :

Lorsqu'on sait quand un boxeur se couche, on peut faire des très bons paris ! Et y'a des mecs qui sont prêts à payer très cher pour avoir ce genre d'infos. C'est le business ! On va plus pouvoir se faire de la tune sur ta réussite, alors autant s'en faire tout court ! Et après on arrête... Mais on a tous assez d'argent pour vivre. L'ego...l'argent... y'en a qu'un des deux qui paye le loyer.

DAMON:

Donc j'avais bien compris. J' te jure Andy, et tu sais que je tiens mes promesses... Ce genre de magouilles...C'est pas ça la boxe. Si tu pars là-dedans, ce sera sans moi.

PARKER :

On y va au chantage ? Super ! Moi je repars pas à 0 ! Je préfère tout miser sur un jeune de 20 piges qui a envie de réussir, plutôt qu'un has been qui a foiré la chance de sa vie et qui a du mal à réaliser qu'il est foutu !

DAMON :

Tu veux être champion ou pas ?

PARKER :

Tu veux te faire du pognon pour ta femme et ton gosse ou pas ?

DAMON:

La boxe c'est ta vie Andy !

PARKER :

Attends, ta vie c'est pas Sam et Jack ?

ANDY :

STOP !

ANDY (À LUI-MÊME) :

L'uppercut que m'avait donné Williams, c'était rien comparé au mal de crâne qu'ils sont en train de me filer.

Un temps.

ANDY (DÉPITÉ):

On repart à 0. Parker… Juste laisse-moi une chance. 3 combats. 3 combats et si c'est n'importe quoi, tu te casses.

ANDY (À LUI MÊME) :

Je reprends les entraînements ! J'ai 2 coachs merveilleux. À l'appart', comme au début, Sam me fait mon régime, en essayant de m'aider à ignorer toutes les critiques. Je me coupe des réseaux, esquive les journalistes et je ne vis que pour la boxe. À l'entraînement, Damon me fait bosser 2 fois plus dur l'ensemble des mes enchaînements. Il sait pas pourquoi j'ai foiré, mais il s'en fout ! Tout ce qu'il veut c'est que je foire plus ! Je cogne, cogne, cogne ! Pendant 6 mois je m'entraîne encore plus que pour le championnat du monde. Parker me trouve un combat pour me remettre sur pieds, un combat d'exhibition international ! Un newbie canadien qui a pas entendu parlé de mon histoire ! Décidément Parker est un génie. Andy Malone VS Alexander Mac Carthy. C'est pas le combat du siècle... Mais C'est mon nouveau point A.

On entend une cloche sonner. Andy est en train de se battre sur le ring.

ANDY (À LUI MÊME) :
Je suis pas là. Au moment où la cloche sonne je revois le Liberty Stadium, je revois Williams me foutre K.O, Sam pleurer dans mon coup, et Mickael dans les tribunes...je sens le poing de Gale remonter de mon menton à mon front, mes pieds décoller et mon corps s'écrouler contre le sol...je sens la défaite...tout est revenu... Non ! Mac Carthy ! Réveille-toi !

Il essaie de se défendre mais continue à se faire frapper.

Mais impossible de me concentrer, le petit canadien me frappe comme une furie, il frappe mal, mais il frappe quand même ! "Garde Andy ! Concentre-toi ! " Damon hurle tandis que je vois Parker dépité ! J'essaie de répondre à ses coups mais j'y crois pas ! Je fais semblant de le cogner j'ai pas envie de lui faire du mal, c'est à moi que j'en veux, pas à lui ! J'encaisse ! Je réponds quelques coups, juste ce qu'il faut pour pas qu'il m'aligne parce que j'en ai pas envie ! Mais plus il me frappe plus j'ai envie de lui dire " mets en quelques-unes de ma part !" Crochet ! Encore ! Le gamin a aucune garde latérale ! Si j'étais en forme je le couche en 10 minutes et à la 15ème j'suis déjà dans mon lit en train de dormir, mais là je peux pas.... Mon Ennemi... C'est moi. J'm'en veux. Et j'ai envie de perdre.

Le match s'arrête, Andy et Mac Carthy retournent dans leurs angles.

LE JUGE :

Pour ce match d'exhibition, Malone contre Mac Carthy...après délibération des juges... À 9 contre 8... Le gagnant est Andy Malone !

ANDY : (À LUI MÊME) :

J'ai sauvé les meubles. Parker ne m'adresse pas un seul mot. Même un enfant de 5 ans se serait mieux battu. Damon et Sam m'encouragent...Mais comment ils peuvent m'encourager pour ça ? J'ai l'impression d'être un gamin à qui on pardonne tout parce qu'il a une maladie grave.

Changement de ring et d'adversaire.

ANDY (À LUI MÊME) :

Le 2ème match que me trouve Parker. Même chose, même combat... Même regard d'encouragement à la con de la part de Sam et de Damon qui comprennent pas. C'est pas que je crois plus en la boxe, c'est la boxe qui croit plus en moi. Parce que j'ai peur à chaque combat de recroiser son regard dans le public. J'ai fait le choix de cacher cette histoire, ça m'a porté chance, jusqu'à présent. Mais la chance, cette putain de roue, tourne toujours et là, elle tourne plus. Je dois assumer les conséquences. C'est ou tout avouer et aller en prison... Ou renoncer au championnat du monde et à la gloire... À Tout jamais. Et je peux pas laisser Sam et jack. Sans eux et sans la boxe, j'suis mort.

Il va dans le coin de la scène.

ANDY (À PARKER) :
Alors c'est quoi le plan ?

PARKER :
Et ben il t'en a fallu du temps pour revenir à la raison. Le plan c'est simple. Tu sais entre managers... On parle. Si 2 boxers savent comment va se passer le match... Et si peu de personnes le savent... Alors On est une minorité à rafler un max de paris. Comme un match de catch, sauf que comme c'est de la boxe, on croit que c'est vrai. Combien ? Disons qu'en 2 ans tu pourras te foutre à la retraite sans problème. Juste...Damon est au courant ?

ANDY : (À LUI MÊME) :
Non. Je peux pas le lui dire. J'ai trop besoin de lui. Et puis je suis plus à un mensonge prêt. Premier combat, je sais même pas le nom de l'adversaire et je m'en fous... pourtant je devrais m'en souvenir : on s'est entrainés ensemble en cachette pour régler le combat. 11ème round, je gagne. J'ai beau essayer d'être crédible quand l'arbitre tend mon bras, j'arrive pas à sourire. Le seul qui sourit c'est Parker qui se met à serrer 2-3 mains et qui me fait un clin d'œil. Sam, elle, elle y pige rien du tout, elle est super contente...

Damon par contre comprend plus pourquoi je m'entraîne plus, et pourquoi des fois je gagne contre des killers, et comment des fois je perds contre des tocards. Les morceaux de musique sonnent faux ! Comme un mauvais tour de magie, faut être stupide pour pas voir les ficelles... Et D'ailleurs sa dure pas longtemps.

La presse m'en fout plein la gueule, la télé j'en parle pas, les fans ? Il en reste toujours, heureusement. Mais les mots "triche", "truqué", ressortent systématiquement. on me siffle, on m'insulte... Je suis généreusement payé pour aider des hommes riches à voler des gens pauvres qui tentent d'être des gens riches en pariant sur des faux matchs. Une arnaque de plusieurs centaines de milliers de dollars par mois et grâce à moi ! Je suis une loque... Plus d'estime, plus d'image... Mais j'ai de l'argent.

Et puis un soir Damon vient me parler.

DAMON:

J'arrête. J'arrête pas parce tu truques tes combats. Quoi ? Tu me crois assez bête pour pas l'avoir vu ? J'arrête parce que comme toi, je ne commence pas un combat quand je sais d'avance que je vais le perdre. Le fait que tu m'aies menti, que tu mentes à Sam, que tu mentes sur le ring... T'as tout perdu : la boxe, ta femme, ton fils, et tes amis. T'as tout perdu et tu le sais pas encore. Mais moi je le sais. Alors je te demande une seule chose : vire-moi. Assume au moins le fait que tu me mentes, et respecte-moi. Et montre-moi que tu sais ce que tu fais. Si tu me vires... Ça veut dire que tu sais ce que tu fais. Et donc que tu sais que j'ai pas ma place dans ce choix. Alors Andy, au nom de ces 10 ans avec toi, de tout ce qu'on a vécu, de notre première rencontre à la sortie du commissariat... M'entraine pas avec toi dans ton K.O. Si t'es perdu, je t'aide, mais si tu sais où tu vas... Alors vire-moi et on se revoit plus jamais.

Un temps.

ANDY :
T'es viré Damon.

ANDY (À LUI MÊME) :
Et il part. Sam, ce soir-là, Sam me gifle à cause de ça, et parce que je l'aime comme un fou et qu'elle a raison, je la laisse me gifler... Et puis je frappe pas les femmes... Et encore moins la mienne. Je continue à me donner en spectacle, jusqu'au jour où Sam et Jack se font prendre à parti par une bande de mecs : "eh sale pute ! T'es la meuf à Malone ! Tu vas dire à ce connard de nous rendre notre fric !". Ça commence à se savoir et ces lâches de petits parieurs ont tellement peur de moi qu'ils menacent ma famille ! Mais si je les aligne ils porteront plainte et la dernière chose dont on a besoin, c'est des flics qui nous tournent autour.

Il va dans un coin de la scène pour parler à Parker.

ANDY (À PARKER) :
J'arrête. La presse me titre "foutu", y'a même des vidéos qui tournent de moi sur le net et qui prouvent que les combats sont bidons... Je vaux plus rien pour les bookmakers, je vaux plus rien tout court... je suis la risée du monde, j'suis une blague Parker ! T'as fait de moi un clown ! J'arrête.

PARKER :

OK ! De toute façon comme tu l'as dit, tu vaux plus rien. J'allais arrêter moi aussi. Mais t'as du cran Andy, il t'en reste encore un peu. Ça fait 1 an que t'aurais dû arrêter, mais t'as tenu ! Malgré l'humiliation t'as tenu ! Dommage que t'aies pas la même endurance sur le ring, t'aurais pu devenir champion.

Andy se retient de ne pas le frapper.

ANDY :

Adieu Parker.

PARKER :

Merci Andy ! Merci pour tout ! Et tu sais quoi ? Parce que t'as été le plus grand champion de combats truqués de l'histoire de la boxe... J't'en dois une ! L'oublie pas Andy, si un jour t'as besoin de moi ! J't'en dois une !

ANDY (À LUI MÊME) :

Tu m'en dois une ! Plutôt crever que de revenir te voir.

Je suis Le pire boxeur de l'histoire, avec 800 000 dollars sur un compte en banque. Sauf que j'ai beau avoir Sam et Jack... Sans la boxe, je suis plus rien. Sans la boxe je suis plus rien... Y'a une solution pour pas quitter la boxe, c'est évident... Mais ça m'apparaît quand je passe devant l'ancienne usine à l'angle de Jefferson Boulevard et Arlington avenue... Je vois ma rédemption ! si je suis pas champion, ben j'peux aider quelqu'un à l'être ! je vais trouver un gamin, je vais le sortir de sa vie de merde... Et je vais faire de lui un champion... Et donner un sens à ma vie, un sens à toute cette descente et à tous ces mauvais choix ! "Le

Malone Boxing Club " Je claque tout pour tout rénover, et une bonne assurance ! Entre Parker, Damon et les mauvais parieurs, j'ai des ennemis, et jamais je prendrai le risque de faire du mal à mon nouveau bébé ! Le Malone Boxing Club ! Demain je fais poser l'enseigne...demain ma nouvelle vie commence. Demain...je reviens.

NOIR

ACTE 3 SCÈNE 1 : LE CHAMPIONNAT DU MONDE

Musiques : Lady Gaga - Edge of Glory - et "Hysteria" de Muse

DOUCHE DE LUMIÈRE

Andy fait un signe de croix.

ANDY :

L'ami...ce soir...c'est le soir. C'est celui que j'ai attendu toute ma vie. J'aurai pas d'autre occasion d'être quelqu'un de grand, d'être quelqu'un d'important... s'te plait me lâche pas. J'ai besoin de toi. Ce soir... Ce soir je vais être champion du monde de boxe, et ce soir, toi et mes parents, de là-haut, et ma famille et mes amis ici, vous allez avoir le résultat de tous vos sacrifices. Parce que ce soir ma victoire... C'est surtout la vôtre. Sans vous, rien de tout ça se serait passé. Sam... cette victoire ce sera la tienne pour tout ce que je t'ai fait endurer pour en arriver là. Jack... Après ce moment, les gens te respecteront pour le simple fait d'être mon fils, et tu auras une vie de dingue. Damon, ce soir tu es avec moi sur le ring et je te promets que je te décevrai pas. Après tout, on commence pas un combat qu'on sait perdu d'avance. Et c'est Gale Williams qui va expérimenter ta théorie du K.O ce soir. Parker... Mais qu'est-ce que je ferais sans toi ? Depuis le début tu crois en moi...t'es un ange ! T'as changé ma vie et maintenant je vais changer la tienne. Et toi Andy Malone... Tout Ce qui t'est arrivé jusqu'à présent c'est pour arriver à ce point précis où tu as tout pour réussir : le talent, l'expérience, la confiance et la chance. Tu gagnes ce soir. Parce que c'est comme ça que l'histoire est écrite. C'est la suite logique, pas d'autre fin possible. Andy regarde-moi ! Démonte- le ! Et rends-lui les coups portés à la conférence de presse ! Ce soir Andy tu deviens quelqu'un. Ce soir Andy : tu changes ta vie à tout jamais. Et toi l'ami... Fais de moi quelqu'un de fort quelqu'un de puissant, un Dieu indestructible. Ce soir c'est moi qui écris le combat : je choisis de porter les coups ou de me défendre, je choisi de gagner ou de perdre ! Et j'ai choisi. C'est moi qui écris l'Histoire !

(À Damon)

Oui c'est bon. J'arrive.

Il embrasse sa chaine en croix, la pose tout doucement sur une table.

Je choisis de gagner ou de perdre. C'est moi qui écris le combat.

ANDY (À LUI MÊME) :
J'ouvre la porte du vestiaire...Sam m'attend pour m'embrasser une dernière fois

SAM :
C'est pour te porter chance.

ANDY (À LUI MÊME) :
Pas besoin de chance. C'est moi la chance. Et je traverse, avec Damon et Parker, ce long couloir avec au bout une lumière blanche... Je sens le stress faire place à l'adrénaline, ce moment, que j'attends autant

que j'en ai peur, est enfin là... Les projecteurs se braquent sur l'entrée... Inspire...respire... Cogne !

CHANGEMENT D'ÉCLAIRAGE

C'est incroyable ! Même dans mes rêves les plus fous j'ai jamais imaginé ça ! Le Liberty Stadium est plein à craquer ! plus une seule place libre ! Des panneaux tendus "Go Andy" "kill him" "Fight Malone" avec toujours le rouge et le jaune " de partout ! Ce soir je joue à domicile !Je suis le Roi de Los Angeles et toute la ville est venue voir l'aboutissement de ma vie... et est venue m'aider pour que je l'obtienne ! 20 mètres ! 20 mètres jusqu'au ring et je vois plus rien. ! ça y est, je vois mon adversaire. Il fait genre il est calme, il joue l'arrogance, mais il sait déjà que je vais gagner. Ma provocation à la conférence de presse a marché. Il avait qu'à pas me chercher : il joue, je gagne, comme ce soir.

Il rentre sur le ring.

Je suis chez moi. Je suis puissant. Je suis indestructible.

LE PRESENTATEUR :
Ladys and Gentlemen. Bienvenue au Liberty Stadium ! Ce soir ils combattent pour le titre de champion du monde de la W.B.O. A ma droite : avec 25 Combats, 25 victoires dont 18 par K.O, le champion d'Europe et champion d'Angleterre : Gale Williams ! Dans le coin Gauche avec 35 combats, 35 victoires dont 34 par K.O, Le champion des Etats-Unis et vainqueur des Golden Gloves : Andy... Malone !

ANDY :

La foule est en délire ! Les gens sont debout ils hurlent mon nom ! Williams et moi sommes les Gladiateurs modernes venus offrir du sang à la plèbe ! Je vais le frapper parce qu'ils veulent que je le frappe ! Et je vais le mettre KO parce qu'ils veulent que je le tue ! Ce soir je vais leur offrir un combat de boxe unique ! Derniers regards à mon équipe... Parker me sourit et me fait un clin d'œil... Damon me regarde fixement et esquisse un léger sourire. Je cherche Sam dans la foule... Mais je la vois pas. Pas grave, je sais qu'elle est là.

Il va au centre du ring et salue son adversaire "poing contre poing". La cloche retentit. Andy se met en garde et commence à se battre.

ANDY :

Allez ! Vas-y Williams montre-moi un peu à qui j'ai à faire !

Il encaisse un coup puis 2.

Ouais c'est pas mal, mais si c'est que ça je te mets K.O en 10 minutes. Et j'ai envie d'offrir du spectacle.

Il donne quelques coups, esquive, se prend quelques coups aussi.

Allez Williams ! Tu comptes me faire mal un jour ou tu as décidé de te ridiculiser pour ton plus grand combat !

Il frappe, encore.

Crochet droit, je libère sa garde, je feinte à gauche mais encore crochet droit ! Là il a mal il relâche ! Direct direct direct ! Tentative d'uppercut ! Merde loupé ! Le fils de pute, il m'a vu venir ! C'est pas grave Williams, je te teste encore un peu, là je suis même avant mon échauffement ! Je calcule juste en combien de rounds je te démonte !

Il se prend des coups, tente d'en donner.

O.K, En 8 rounds c'est fini. En 8 rounds t'es fini Williams.

La cloche retentit Andy retourne dans son coin.

DAMON :
Relâche rien Andy. T'as vu que c'était gagné. 8 rounds...en 8 rounds c'est jouable. Il sait comment tu mets K.O, il connaît ta technique, il faut l'épuiser pour qu'il l'oublie. Fatigue-le, fais lui peur... Et dès que tu sens qu'il relâche, aligne-moi ce connard et fais nous champions.

ANDY :
Je vais tellement le fatiguer qu'il va crever d'épuisement avant le K.O.

On entend la cloche retentir.

LE PRESENTATEUR :
2ème round !

Durant la musique, on voit Andy se battre, prendre des coups, esquiver puis retourner à sa place.

LE PRESENTATEUR :

3ème round....

Andy se bat encore.

LE PRESENTATEUR :

4ème round !

Andy frappe et fait le show.

ANDY :

Je suis en train d'écrire le combat du siècle. Il se rend pas compte que chaque coup qu'il me donne me rend plus fort. Williams le sait, il ne fait que repousser l'inévitable.

LE PRESENTATEUR :

5ème round !

Andy frappe de plus belle.

LE PRESENTATEUR :

6ème round !

Andy et Williams se battent encore, Andy se prend quelques coups, mais à chaque fois il sourit, la cloche retentit, il va dans le coin.

LE PRESENTATEUR :

7ème round.

La cloche sonne.

ANDY :

Avant dernier round. Williams, je vais bientôt mettre fin à ton calvaire.

Il se met debout.

Sam, j'ai besoin de ton regard ! J'ai besoin de te voir Sam ! On est à l'aube d'une nouvelle vie, j'ai besoin de savourer ce moment avec toi...

Tout en se battant il la cherche du regard.

Allez Sam ! T'es où ? J'ai besoin de finir ce combat avec toi !

Il cogne Williams et continue à la chercher quand le temps s'arrête. Tout est ralenti autour de lui.

Et c'est là que je le vois. Mickael. Il est là. Le temps s'arrête. Il est toujours vivant ! J'ai gâché sa vie, physiquement, mentalement, financièrement, et il est toujours là, et il est là, assis dans les gradins, à quelques mètres de Sam. Je revois la ruelle, Sam, son visage éclairé par le néon orange, j'entends ses cris je ressens la douleur sur mes poings... Comment ? Pourquoi ? Qu'est-ce que...

Il se prend un coup.

Merde ! J'suis plus là ! (Il se met en garde). Je...je choisis de gagner...Je... Putain mais qu'est-ce qu'il fait là ?

Il se prend un autre coup.

OK, encaisse ! Ce round est perdu de toute manière !
Je laisse Williams me cogner ! Je me transforme en
mur le temps d'entendre la cloche libératrice... La
minute la plus longue de ma vie.

On entend la cloche sonner.

ANDY :

Damon me parle, cherche à comprendre, m'asperge
d'eau, mais j'entends rien. Il me met une claque en
pleine gueule.

DAMON :

Arrête de jouer au con ! c'était quoi ça ? t'es parti !
Reviens sur le ring Andy !

ANDY (À LUI MÊME) :

Mais au lieu de l'écouter je regarde dans le public... Et
c'est bien lui. Il est là, assis sur son fauteuil, immobile,
le visage figé avec ses lunettes noires qui sont
braquées sur le ring... Qui sont braquées sur moi ! Je
sais qu'il me voit je sens ses yeux me transpercer
comme j'ai transpercé les siens y'a 7 ans ! C'est pas un
hasard. Il doit avoir enfin LA preuve contre moi, ça
doit faire 7 ans qu'il prépare cette vengeance, c'est la
seule raison pour laquelle il a dû rester en vie !
Pourtant il m'avait dit qu'il se vengerait jamais ! Un
agent de la sécurité vient lui parler... il parle de moi...
Je suis sûr qu'il parle de moi... L'agent part et descend
vers le ring...Non...non non non ! Pas ce soir ! ça fait
7 ans Mickael ! T'avais 7 ans pour me faire plonger,
pourquoi t'as attendu ce soir ? Pour m'humilier ? Pour
me faire autant de mal que je t'en ai fait ? Pour gâcher
ma vie comme j'ai gâché la tienne ? Et cet agent de
sécurité qui reste en bas... Il attend ? Il m'attend ? Il

attend la fin du combat ? Putain j'suis foutu ! Il part... L'agent part. C'est rien. Il lui a pas parlé de moi. Mais rien ne me dit que y'a pas 10 flics qui m'attendent dehors ! Je regarde Parker, j'ai envie de lui crier "tu t'es gouré ! il est revenu !" et Sam qui est à quelques mètres de lui... Si ça se trouve c'est pour elle qu'il est revenu ...je... je... Oublie le ! Mais rien que le fait de penser à ne pas penser à lui ne me fait penser qu'à lui ! Tenter d'oublier quelqu'un c'est le graver à vie dans sa mémoire ! Oublie ! Williams, ton ennemi c'est Williams, celui que tu dois fracasser c'est Mickael... Williams ! Tire-toi de ma tête Mickael ! S'il te plait barre toi ! L'ami, aide-moi, je demande juste 10 minutes après tu fais ce que tu veux de moi je t'en prie aide moi aide moi aime moi !

La cloche retentit, Andy est sous le choc et se met debout. La scène est plongée dans la pénombre, les contres s'éclairent et Andy n'est plus qu'une ombre. On entend le présentateur.

LE PRESENTATEUR :

Le 8ème round peut-être décisif pour le combat de ce soir mais Malone semble comme perturbé ! Williams le provoque et enchaîne une série de coups ! Malone répond avec des directs qui manquent de précision... Qui laisse une ouverture à Williams qui enchaîne : droite droite, crochet ! Malone est dans les cordes mais qu'arrive-t-il au champion américain qui semble avoir abandonné le combat ! Malone répond ! Crochet ! Tentative d'uppercut loupée ! Williams profite et enchaîne quelques coups ! Malone est sonné ! C'est incroyable Williams est en train de reprendre le match ! Il pousse ! Et il enchaîne ! il est en train de corriger Malone qui regarde le public comme pour implorer de l'aide ! Andy réveille-toi Andy ! Direct ! Malone frappe on le sent à bout il donne tout ce qu'il peut, avec devant lui un Williams qui tourne autour de lui qui s'amuse à lui rendre les 7 rounds qu'il s'est pris ! Williams le sadique ! Malone l'amnésique qui a oublié comment on boxait !

Un temps.

Uppercut de Williams ! Malone est à terre en sang c'est incroyable ! Malone est à terre pour la première fois de sa carrière il est couché ! ! Relève toi Andy relève toi ! Et l'arbitre qui s'approche pour sonner la victoire de Williams le premier à avoir mis Andy Malone K.O ! 1...2...3...

NOIR

<u>ACTE 2 SCÈNE 1 : L'ASCENSION D'UN PRODIGE</u>

Musique : "The greatest man that Ever lived" de Weezer

Dans un tribunal. Andy est levé et attend le verdict.

LE JUGE ADJOINT :

Après délibération du jury, dans le procès Malone contre Davenporte, la cour Suprême de L'Alhambra de Los Angeles représentée par le juge David Boyle déclare l'accusé Andy Malone....Non coupable. En conséquence Mr Davenporte vous verserez à Mr Malone 170 000 dollars pour préjudice moral et remboursement des frais d'avocats. La séance est levée.

ANDY :

Sam me saute au cou, mon avocat me serre la main et Parker sourit... Mais moi je reste sans bouger. J'ai gagné. Mais j'ai pas gagné au poing, j'ai gagné par K.O, par la force ! A grand coups de mensonges, de dollars et de manipulations, j'ai réussi à faire croire à la justice que je suis un saint, et Mickael un fou qui a accusé le premier venu. En le croisant, il doit sentir que c'est moi, parce qu'il m'agrippe le bras et me dit

MICKAEL :

Je sais que c'est toi... Et tu le sais aussi. Tu m'as peut-être pris mon corps, tu m'as peut-être pris ma vie, tu m'as peut-être pris mon argent... J'ai quand même pitié de toi ! T'es foutu ! L'avantage avec les gens comme toi, c'est que y'a pas besoin de se venger...ils se détruisent eux-mêmes.

ANDY :

Il me lâche le bras en souriant... Les paroles d'un homme triste qui a perdu parce qu'on joue pas dans la même catégorie. J'ai envie de lui dire "mais si j'ai fait tout ça c'est justement pour que je puisse m'en sortir Mickael ! Et puis certes j'ai abusé mais tu l'as bien cherché ! T'as cogné en premier Mickael ! T'as été lâche, une vraie pourriture ! En trichant à ce procès, je sauve ma vie. C'est ou toi ou moi ! C'est parce que tu as été égoïste qu'on en est arrivé là. À mon tour de l'être. Tu ferais la même chose à ma place. Vu ce que tu nous as faits, tu ferais même pire.

Un temps.

Mais je me trahirais. C'est pas le moment d'être honnête. Je viens d'avoir de la chance, ça serait con de tout foutre en l'air ! Et je pars en coupable libre. À force de cogner pour de mauvaises raisons et pour mon propre intérêt, j'ai aussi réussi à rendre la justice aveugle. Je suis pas fier... Mais je suis libre ! J'ai tout à construire maintenant ! Et même si j'ai vendu mon âme ça va pas m'empêcher d'avoir une belle vie ! Le Karma c'est des conneries ! La preuve que le karma c'est des conneries c'est que j'ai tout et lui plus rien ! Moi je suis en vie alors que Mickael vu comme c'est parti, va sûrement finir par se tirer une balle ! Je lui souhaite pas mais... A sa place... Quand on a tout perdu...Merde... Ça serait de ma faute...Non ! C'était ou sa vie ou la mienne !

CHANGEMENT D'ÉCLAIRAGE

ANDY :

Ça devient ma force ! ça y est Parker, l'envie de tuer
que tu me reprochais de pas avoir ! Elle est là ! Plus
j'essaie de me convaincre que j'ai bien fait, plus j'ai
envie de faire honneur à la vie que je viens de sauver !
J'ai sacrifié la vie d'un mec pour la mienne alors y'a
intérêt qu'elle en vaille la peine ! Rien que pour ça j'ai
le droit, non, l'obligation de faire de mon existence un
exemple. Mon nouveau combat : ma vie ! Et parce
que je commence jamais un combat que j'estime
perdu d'avance....

Il se met à genoux.

ANDY (À SAM) :

Le jour où je t'ai rencontré dans ce bar, j'ai su que
c'était toi. T'étais une inconnue, et au moment où tu
m'as sourie t'es devenue ma vie, l'évidence, comme si
t'avais toujours été là. Tu m'avais pas encore parlé que
je te connaissais déjà, tu m'avais pas encore donné ton
prénom qu'il était déjà tatoué sur mon âme. Je t'ai
aimée avant même de te connaître, et une fois que je
t'ai connue, je t'ai aimée encore plus. Sam... Je peux
pas te promettre que t'auras une vie parfaite, que
t'auras la maison le chien la piscine les week-ends et
les voyages autour du monde, je peux pas te
promettre une vie parfaite... Mais je te promets que je
ferai tout pour te l'offrir. Je suis prêt à donner ma vie
pour toi et je te promets que si un jour je dois le faire,
je le ferai... Parce que je n'aimerai que toi. Sam,
deviens mon point de départ, deviens ma
famille...Samantha : tu m'épouses ?

ANDY (À LUI MÊME) :

Elle a dit oui ! je suis officiellement l'homme le plus heureux du monde ! Quelques jours plus tard, un joli petit mariage, intime, une mairie, une petite église, nos témoins nos parents, un costume et une robe qu'on reportera jamais... Mais pas de temps à perdre ! Je reprends l'entraînement. Ce procès m'a empêché de réaliser mon rêve mais ça y est il se réalise aujourd'hui : je suis payé pour boxer ! T'entends ça Damon ! ça y est putain ça y est ! Parker nous paye ! T'es payé pour me dire de frapper, et je suis payé pour démonter ton sac de frappe ! Tu vis plus de tes élèves, et je vis plus de petits boulots ! J'ai plus besoin de mentir aux patrons quand j'ai un combat ou de dire que je suis tombé dans les escaliers quand faut que j'aille à l'hôpital et que je veux faire jouer l'assurance ! ça y est je suis boxer pro ! Je suis fier d'aller au boulot, ma femme est fière de dire à tout le monde ce que je fais... Quant à mes parents, comme ils ont renoué contact avec leur famille, officiellement c'est plus leur problème et officieusement, j'ai juste à leur mettre 2 places de côté à chaque combat.

On le voit en train de s'entrainer et frapper dans le sac de frappe.

ANDY (À DAMON) :

Comment ça je suis mou ? t'as pas le droit de dire ça Damon, je pète la forme... Si je dors bien la nuit ?

ANDY : (À LUI MÊME) :

La nuit j'entends Mickael crier. J'arrête pas de revoir son visage, ses yeux me supplier... Et ce qui me réveille c'est pas ses cris, c'est le craquement de mes poings sur ses os ... et le hurlement de Sam : "Andy le tue pas !".

Il frappe le sac.

ANDY (À DAMON) :
J'ai du mal à dormir... Des soucis persos.

DAMON :
Tes soucis j'en veux pas. Tes soucis, je veux que tu les laisses à l'extérieur de ce ring et à l'extérieur de cette salle. Y'à Andy Malone et Andy le boxeur. Andy le boxeur a un seul problème : il doit gagner son combat. Si tu laisses rentrer tes problèmes dans la salle et que tu les regardes, même une fraction de seconde... C'est le moment où ton adversaire te donne LE coup qui va lui faire prendre confiance en lui ... Et là... T'es foutu. Tu veux être champion de boxe Andy ? Devient boxeur. Et laisse Andy Malone et sa femme dehors.

CHANGEMENT D'ECLAIRAGE.

ANDY :
Premier combat Pro, moi Versus Kyle Taggart, champion régional. Putain c'est comme dans un rêve : j'ai un sponsor, une boisson énergétique à la con, un peignoir rouge et jaune, c'est les couleurs qu'a choisies Parker.... Les Bookmakers me voient perdant, mon adversaire me voit perdant, la salle à moitié pleine me voit perdant.... Parce qu'on me connaît pas, et quand on connait pas quelqu'un on croit pas en lui. Je vais vous forcer à croire en moi. Je choisis de gagner ou de perdre. C'est moi qui écris le combat. Je suis puissant, je suis indestructible.

La cloche sonne, Andy se bat.

ANDY :

Au 9ème round j'ai pu lire dans ses yeux qu'il me suppliait de pas le mettre K.O... Et au 10ème round...

Il donne une série de coups et un uppercut.

LE PRESENTATEUR :

Au 10ème Round, pour le championnat régional de WBE, victoire par K.O Contre Kyle Taggart : Andy Malone !

ANDY :

Et la salle se met debout ! Tout le monde m'applaudit ! Eux qui me jetaient de la bouffe à la gueule y'a 2 heures vont courir chez eux se renseigner sur moi sur le net, me suivre sur Instagram, et se vanteront dans quelques années d'avoir vu mon premier combat. Je m'en fous, ça fait partie du jeu. Dans ce métier, on t'aime et on te déteste en une fraction de seconde.

Un temps.

ANDY :

Et les combats continuent. Les nuits ? Oui j'y pense encore mais ça y est la machine est lancée, je suis boxeur, et pour arriver à chasser l'autre de ma tête, de temps en temps, je ramène le boulot à la maison. Non je bats pas ma femme... Je suis juste un peu plus colérique qu'avant, mais c'est ou j'emmène la boxe à la maison, ou j'emmène la maison sur le ring...et à la maison, y'a encore ce que j'ai fait dans cette ruelle. Donc j'ai pas le choix. 2ème, 3ème combat, et toujours le même pied...

Tout en boxant.

LE PRESENTATEUR :

Le jeune Andy Malone impressionne par son style et sa technique. Ce qui n'étonne pas car il est entraîné par Damon Jones, rappelons-le, champion d'Europe et médaille d'argent aux Jeux Olympiques. Il semblerait que l'élève soit bien décidé à dépasser le maître.

Un temps.

Déjà 4 combats 4 K.O ! Andy Malone s'impose aujourd'hui comme LA relève de la boxe.

Il s'arrête de frapper.

ANDY :

Je dis à Sam : au 15ème combat par K.O, Je te fais un enfant. Pourquoi ? Parce que là ma carrière se lance... Et si j'attends que ma carrière soit au top, je trouverai toujours une excuse pour repousser... Et là des excuses j'en ai pas. Au 15ème KO Sam, je te fais un enfant. C'est arrivé si vite...

Dans un coin de la scène, Andy tient un bébé dans les bras.

ANDY (À JACK) :

Et dire que si t'es là, c'est parce que j'ai frappé un mec dans un bar... Et oui Jack, c'est comme ça que j'ai rencontré ta maman. Ça fera une sacrée histoire à raconter à tes copains. J'étais un grand timide... Tous les samedis, j'allais dans ce bar pour traîner, voir des matchs de boxe sur l'écran... Et tous les samedis, ta mère était là avec ces copines. Chaque semaine je les passais à me convaincre "allez, va lui parler, c'est toi le plus fort...vas-y Andy"... Et tous les samedis je me dégonflais... Ben oui, une si jolie fille...c'était perdu d'avance ! Et un soir ce mec complètement raide commence à la draguer, le mec lourd qui comprend pas, qui croit que "non" ça veut dire "oui, saute moi dessus". Là, j'avais la possibilité de m'exprimer avec mon propre langage... je l'ai aligné. On s'est battu 10 minutes, et quand j'en ai eu marre de m'amuser, je l'ai cogné si fort qu'il a fait un vol plané sur le billard. La salle S'est figée, le billard s'est fendu en deux... Sauf que c'était le cousin du gars qui tenait le bar et donc les flics sont arrivés. Ta mère (il sourit) ... a payé ma caution. Et à ma sortie de garde à vue elle m'a dit :

SAM :

Pourquoi tu t'es battu pour moi ?

ANDY :

Parce qu'une femme comme toi mérite forcément qu'on se batte pour elle.

SAM :

Et toi quelqu'un s'est déjà battu pour toi ?

ANDY :

Non.

SAM :

Et pourtant... un mec comme toi le mérite aussi.

ANDY :

Elle m'a tendu son numéro de téléphone et elle est partie. Mais le plus fou dans cette histoire Sam, c'est que quelques mètres après, un gars m'attendait et me dit :

DAMON :

Tu sais que des gars tueraient pour avoir la puissance d'un uppercut comme le tien ? Tes coups droits sont à chier, t'as aucune tenue de corps.... Mais t'as la boxe dans le sang. Et je le sais... Parce que la boxe c'est ma vie. Je t'ai vu aligner le gars. Pas mal. C'est pas la première fois que tu te bats, ça se voit parce que tu as pas d'hésitation. Tu donnes ton coup mais avant il est pensé, il est réfléchi... Tu donnes un coup quand t'es sûr de le donner. En attaque, avec un peu d'entraînement, tu peux être une masse indestructible... Et en défense tu peux être le meilleur.

Andy sourit, et le regarde intrigué.

Est-ce que tu connais la théorie du KO ? C'est un principe que j'ai développé durant ma carrière de boxeur. À chaque fois que tu commets une erreur dans ton match, il y a un instant précis juste après, où tu peux la réparer, comme si tu remontais dans le temps pour reprendre le bon chemin. C'est une fraction de seconde où tu peux effacer et reprendre l'avantage sur ton combat. Par contre si tu le fais pas, tu vas commettre d'autres erreurs qu'il faudra aussi rattraper au bon moment, des erreurs plus compliquées, parce que t'es encore focalisé sur la première... Plus ça avance plus tu fatigues, plus tu t'enfonces... Et tu perds. Le droit à l'erreur et la conscience de l'instant exact où la réparer pour pas sombrer. La théorie du K.O. Laisse-moi t'entraîner et ce que tu as fait dans le bar, je t'apprends à le faire sur un ring, je te fais même gagner ta vie avec. Mais une seule condition : maintenant, tu te bats sur le ring... pas autour des billards.

ANDY :

Ce même soir, je suis tombé amoureux 2 fois. J'ai rencontré ta mère, et la boxe m'a rencontré. J'ai compris à ce moment-là que je ne pourrais pas vivre ni sans l'une ni sans l'autre... Et maintenant sans toi, Jack, mon plus beau combat. Parce que peu importe ce que je dois faire un jour pour te protéger, je le ferai Jack. Ma vie ne vaut rien face à la tienne. Et... c'était a priori une histoire tellement chiante qu'elle t'a endormie. Bonne nuit champion.

Il pose le bébé.

Je suis inarrêtable ! Déjà plus de 20 combats, 20 K.O ! La presse titre : "Malone la machine de guerre" "qui arrêtera Malone dans son ascension ?" "Malone, jeune prodige" "Malone : une leçon de boxe". Les bookmakers commencent à devenir des copains. Je dors mal, mais pas à cause de l'autre, parce que Jack a du mal à faire ses nuits. Les sponsors arrivent mais les vrais, les vraies marques qui font que je commence à apparaître dans la presse spécialisée... Parker est un génie ! Damon et moi sommes de mieux en mieux payés, plus on est payé plus on s'entraîne, plus on s'entraîne plus je gagne... Et grâce aux sponsors, j'ai un équipement de dingue pour m'entrainer... Et je peux enfin offrir à Sam une belle vie ! On quitte l'appart d'étudiante qu'elle avait et enfin Jack a sa chambre et enfin on peut s'acheter une vraie télé une vraie cuisine une vraie voiture. Je la pourris parce qu'elle le mérite ! Parce qu'elle vit les combats avec moi ! Malgré les heures de malade qu'elle fait comme infirmière à l'hôpital, elle prend toujours un jour de congé pour mes matchs. Elle veut qu'aucune autre femme me soigne. Elle est jalouse, et j'ai pas le droit de la critiquer pour ça. On vit boxe avec pas de sexe 2 semaines avant chaque combat et on mange boxe pour toujours peser entre 80 et 81Kg.

Cloche.

Il frappe.

ANDY :

Je suis une machine.

Cloche.

Il frappe.

Déjà 25 Matchs, et 25 K.O, Pour le moment, la seule fois où ma tête touche le sol, c'est quand j'embrasse le tapis à la fin du combat pour remercier la vie de m'avoir emmené ici.

Cloche.

Il frappe.

Le 28ème match est différent. Parce que 2 heures avant de monter sur le ring, j'apprends la mort de mes parents. Mon père a appris il y a quelques mois qu'il

avait un cancer, une saloperie de maladie incurable qui allait être fulgurante. Les médecins lui donnaient 2 ans s'il les passait à l'hôpital... Et 8 mois s'il ne faisait rien. Mon père a demandé à ma mère de l'aider à mourir... Et ma mère l'a fait... Et s'est donné la mort juste après, parce qu'elle ne pouvait pas imaginer une seule seconde la vie sans lui. Elle savait qu'elle mourrait de chagrin sans lui. C'est ce qu'ils ont expliqué dans leur lettre. Qu'on devait pas leur en vouloir, parce qu'ils ont eu une vie de rêve, la vie qu'ils voulaient... Et qu'ils voulaient mourir sans souffrir. Parce que ce n'est pas la mort qui apporte la douleur. Mourir ça fait pas mal...mais la souffrance par contre ...
Papa...Maman...Quel courage ! Quel courage d'avoir fait ce choix et de l'avoir assumé ! Je pourrais refuser ce combat, mais mes parents voudraient que j'y aille ! parce qu'ils ont été courageux comme aucune personne de mon entourage ne l'a jamais été... ce soir...je vais rendre hommage à mes parents. L'ami, s'il te plait, prends soin d'eux.

La cloche sonne.

ANDY :

Ce 28ème match va être le plus beau match de ma carrière qui me vaudra 7 mois plus tard de gagner les golden Gloves ! Et ce qui est étrange, c'est que c'est le seul où je vais pas mettre KO mon adversaire. Je me bats pour eux, parce qu'en partant, ils ont choisi de ne pas souffrir et de ne pas nous faire souffrir avec eux... En choisissant de partir dignement, ils nous ont respectés. À partir de maintenant je boxe pour faire vivre ma famille, et pour que mes parents soient fiers de moi. C'est comme ça que j'arrive à avoir la médaille d'or aux jeux d'Athènes ! C'est comme ça que la presse parle du "phénomène Malone" et je suis un phénomène ! Un p'tit gars adopté, sorti de nulle part, qui devient champion ! Je suis un exemple pour mon fils, une vie atypique pour ma femme, je suis la perle de mon manager et la réussite de mon entraineur... J'ai l'expérience, le talent, l'entourage qui me supporte... Il me manque plus qu'un peu de chance... et elle arrive. Juste après mon 35ème match...

Il regarde la télé.

LA TÉLÉ :

Hassim Rahman, le champion du monde de boxe catégorie mi-lourd de la WBA décide de prendre sa retraite. Sa ceinture est donc remise en jeu. Corrie Lewis le manager de Gale Williams, actuel champion d'Europe, lance un défi au champion américain Andy Malone : "Malone ? Mon champion t'attend. Cette ceinture reviendra au meilleur de vous deux".

ANDY :

Le téléphone sonne, c'est Parker. Les télés ont eu l'information avant, et ça a dû être rapide parce que jamais Parker loupe une info.

Il décroche.

Bien sûr que je le fais.

Il raccroche.

Après tout ce que j'ai fait, tout ce que j'ai enduré... cet abandon de ceinture c'est la chance de ma vie. Et après ? Et après être champion du monde ? j'en m'en fous, je continue à boxer sans réel objectif, je perds je gagne je m'en fous, j'aurai déjà été champion. Notre objectif avec Damon ça a toujours été le mondial, une fois la ceinture, j'attends 2-3 ans, et je prends ma retraite. Je crois même que je ferai un 2ème gosse à Sam. Je ferai comme Tyson, je ferai le show, j'écrirai un livre, je jouerai dans des films pourris ! Je serai payé pour avoir un jour été champion. Une fois cette ceinture décrochée... je décroche.

Il arrive au centre de la scène.

ANDY :

La conférence de presse ! Des journalistes partout, qui parlent toutes les langues, Gales et moi face à face. On se regarde. Les managers et entraîneurs parlent et répondent aux questions à notre place, après tout c'est leur boulot. Je sais que Gales va faire quelque chose, il fait toujours quelque chose. Il va vouloir m'impressionner pour que j'arrive au combat avec la trouille. Et pas loupé, en plein milieu d'une question, il me frappe ! il m'envoie un direct, puis 2 et encore un ! et moi au lieu de répondre, je laisse le sang couler de mon nez et je le regarde pour lui montrer qu'il ne m'a rien fait, que j'ai pas peur du sang. Et si j'ai pas peur de mon sang... J'ai encore moins peur du sien.

Andy est en sang, sans bouger, il regarde Gale.

ANDY (À GALE) :

C'est tout ?

Il reprend sereinement sa place derrière le micro, le visage en sang, comme si rien ne s'était passé.

(À lui-même)

T'as perdu Gale. Je m'appelle Andy Malone. Et je suis indestructible.

NOIR

ACTE 1 SCÈNE 1 : C'EST ICI QUE TOUT FINIT ET QUE TOUT COMMENCE

Musique : "Angel" de Massive Attack et "Losing my religion" de REM

3 heures du matin. Andy sort du commissariat de police. Il a dans les mains 2 papiers, l'un avec le numéro de Sam, et l'autre avec les contacts de Damon.

ANDY :

C'est quand même une belle connerie ce Karma ! Alors que je viens de me battre dans un bar, avec comme cadeau une ouverture de casier judiciaire... Voilà que 2 anges passent et me filent leur numéro de téléphone.

"C'est quoi le message l'ami ? Que le Karma c'est de la merde, ou que le gars que j'ai fracassé le méritait ? Pourquoi tu m'envoies cette fille et cet entraîneur ? J'suis personne moi ! T'as pas d'autres personnes plus importantes à sauver ? Enfin....ce que j'essaie de te dire l'ami c'est...merci."

C'est vrai ça, j'suis personne ! Depuis 2 ans je vis tout seul à coups de petits boulots. Mes parents ? Ils m'ont tellement donné que je me suis interdit de leur demander de l'aide, maintenant c'est à moi de les aider en les laissant tranquille, alors une fois par mois...je leur écris. C'est un peu old school mais je sais que quand mes parents voient que c'est une lettre de moi dans la boite, ça leur procure bien plus de plaisir que leur en apporteraient jamais un mail un appel ou un texto. C'est le seul cadeau que j'aie les moyens de leur faire. Alors je leur écris. Et comme je sais pas lequel de mes 2 parents va lire....

Andy, assis sur un banc dans un parc public, écrit une lettre.

ANDY :

À celui qui me lit. Si je croyais pas en Dieu jusque-là, je me mettrais à y croire tout de suite. Ma vie est en train de changer. Je le sais parce que 2 anges sont apparus en me disant clairement qu'ils étaient là pour moi. Pour moi ! le p'tit Andy ! J'suis amoureux. Elle s'appelle Sam, elle est en dernière année de son internat d'infirmière... Ça fait quelques semaines qu'on se voit... Je l'aime. Je l'ai aimée avant même de lui parler, j'ai su que ce serait la seule femme de ma vie au moment où elle m'a parlé pour la première fois. Je le lui ai dit ! J'suis fou, je sais que ça se dit pas tout de suite... Mais ça a été plus fort que moi, je sais pas ce qui m'a pris...
Fin de notre premier rendez-vous, elle m'embrasse... À ce moment je sais. Le temps s'arrête et elle rentre dans ma tête, elle rentre dans ma vie et se place dans tous les décors. Pendant qu'on s'embrasse elle prend possession de mon âme et me contamine ! Je suis en train de me droguer pour la première fois. Sam est l'héroïne de ma vie... Une drogue douce et pure qui me fait perdre la sensation de temps et me fait oublier mes problèmes. Parce que quand je l'embrasse, plus rien ne compte à part elle. Ses lèvres se détachent des miennes. Et là je sais qu'elle m'aime aussi, on embrasse pas quelqu'un comme ça si on l'aime pas. "je t'aime Sam. Tu le sais pas encore, mais t'es la femme de ma vie". Elle rigole et me dit "donc je suis pas seule à avoir ressenti ça ! "

Elle m'aime aussi ! Je vais bientôt vous la présenter promis. Et puis... J'ai commencé la boxe. Y'a un gars, un entraîneur, qui veut m'apprendre à cogner de manière utile. J'aime ! ça a commencé par 2 heures par semaine et depuis un mois c'est 2 heures par jour, ça aussi ça devient une drogue... Au moment où je frappe ce sac, au moment ou mon gant touche l'adversaire... Je me sens vivant, je sens que c'est à ça que je sers ! Je suis fait pour boxer, ça a toujours été en moi, c'est ça mon truc ! J'suis un boxeur ! J' suis fait pour boxer et faire rêver ceux qui ont peur de le faire. Ce que j'essaie de te dire... C'est que j'ai enfin trouvé le but de ma vie, le chemin que je dois prendre, et la personne qui va marcher à mes côtés. Et tout ça en une fraction de secondes en frappant un mec dans un bar. C'est marrant comme tout peut basculer en peu de temps ! Je t'aime. A celui qui m'a lu.

CHANGEMENT D'ÉCLAIRAGE

Andy est dans une salle d'entrainement en train de frapper contre le sac de frappe. Pendant qu'il frappe, il parle.

ANDY (À LUI MÊME) :
C'est déjà mon 7ème combat en ligue amateur. Sam est là au premier rang avec mes parents, à m'encourager et à plisser des yeux chaque fois que je prends un coup, comme s'ils le prenaient à ma place. En face ? Je sais pas son prénom. Tout ce que je sais, c'est que si je le cogne pas, il me fracassera en 2. Pourquoi ? parce que c'est ça la boxe ! C'est la plus grande mise en abyme de l'histoire du sport : frapper quelqu'un qui te frappe pour qu'on arrête de se

frapper. C'est 2 personnes qui se défendent en s'attaquant ! Mais si le gars d'en face a encore plus envie de me foutre à terre, c'est que dans la salle, y'a un grand manager qui serait intéressé par un nouveau boxeur à produire. De toute manière, avec ou sans manager je vais gagner. Pourquoi ? Parce que j'ai promis à Damon que j'allais le faire !

DAMON :

Andy ? Tu vas gagner ? Comment ça sûrement ! Andy ? Tu vas gagner ce combat ou pas ? Je veux pas des "avec un peu de chance" ou ce genre de conneries. La chance ça existe pas, c'est une connerie inventée par les fainéants qui s'en remettent aux autres au lieu de compter sur eux-mêmes. Si tu mises sur la chance, t'es mort. C'est toi ta chance Andy. Andy écoute moi ! Si tu montes sur ce ring en doutant, t'es foutu. Douter c'est réfléchir, réfléchir c'est ne pas être dans l'instant et c'est louper des occasions ! On est faits pour réussir ! Ton instinct c'est toi ! Alors putain Andy tu le dis tout de suite : soit tu me dis que tu vas gagner ce combat, soit on l'annule. Des fois, vaut mieux renoncer à un combat, que de le faire et perdre bien plus qu'un match. Andy ! Ne commence jamais un combat que tu estimes perdu d'avance, tu m'entends ?

ANDY :

KO au 10ème round ! Il arrivait même pas à se relever au moment de l'annonce du résultat. La salle est presque vide, mais je vois au fond un gars qui semble être le manager ...il applaudit. Et il part. quelques semaines plus tard, ce mec débarque au club de Damon...

PARKER :

Parker Wallace. Enchanté. T'es impressionnant Andy ! Ah non mais franchement t'es un boxeur comme on en a rarement vu.

ANDY :

Je suis là en train de m'entraîner, en train de me battre contre Damon, moi je suis dégoulinant de sueur, mon coach est couvert de protections, et ce mec se croit chez lui, nous interrompt en plein entraînement... Il a tellement confiance en lui, c'est dingue ! comme s'il savait déjà que j'allais signer avec lui avant même que je le fasse.

PARKER :

T'attaque pas ! Tu te défends ! La plupart des boxeurs sont des brutes ! Ils cognent, ce sont des animaux, mais toi Andy... Toi t'arrives à redonner sa noblesse à la boxe parce que tu te défends. Ca veut dire que tu utilises la force de l'autre ! Sa force et ses faiblesses. J'ai jamais vu ça. Il te manque l'envie de tuer. Quand tu l'auras, ce que tu fais en 10 ou 12 rounds, tu le feras en 5 ou 6. Andy ? Je te promets pas une carrière brillante, les championnats du monde ou les JO, je te promets pas que tu seras le nouveau Mike Tyson ou le nouvel Ali... Mais Je te promets de tout faire pour t'aider a y arriver.

ANDY (À LUI MÊME) :

Damon a raison. Quand on réfléchit on loupe des occasions ! Mon instinct c'est moi... Et mon instinct me dit...

ANDY :

D'accord. Mais à une condition : Je garde mon coach.
Parce que cette technique elle sort pas de nulle part.
Moi je suis que l'instrument, c'est Damon le musicien.

*Andy, Parker sont autour d'une table. Damon est derrière
Andy, légèrement en retrait. Andy signe le contrat.*

ANDY (À LUI MÊME) :

Et c'est comme ça que j'ai mis ma carrière dans les
mains de Parker Wallace.

Andy, sur le même banc, écrit une lettre à ses parents.

ANDY :

À celui qui me lit. Ça y est, j'ai un manager. Ma
carrière pro va pas commencer tout de suite parce que
j'ai énormément d'entraînement à faire ! Parker dit
que quand je serai prêt il le saura. Il a fait livrer au
club des machines de fou pour m'entraîner ! Même
Damon n'en revient pas. Ce mec est en train de
m'offrir une carrière et d'en offrir une seconde à
Damon. J'ai quitté mon travail. De toute façon pour
ce que j'apportais au monde avec ! Et je m'entraîne.
Pour Parker j'ai toujours pas l'envie d'attaquer, mais
Damon lui pense que c'est pas grave. Des fois ils
s'engueulent pour savoir ce qui est mieux pour moi.
Et moi ça me fait marrer ! Alors je m'entraîne et
j'attends mon premier combat avec impatience.
Quant à Sam... Ça y est, elle a emménagé dans mon 2
pièces. Parker me paye juste l'entraînement, ça fait pas
beaucoup, mais si je le fais pas je deviendrai jamais
champion. Et Sam est enfin titulaire, mais elle débute
donc elle gagne pas des masses. Alors... on est un peu
serré, on mange pas toujours à notre faim... mais

j'm'en fous : je boxe et je suis avec elle. Je t'aime. A celui qui m'a lu.

Il arrête d'écrire.

FLASH

Andy est dans la salle d'entrainement.

ANDY :

Parker arrive au club vers 18h et annonce : "Les gars ? On a un combat ! Alors tu t'entraînes comme un malade parce que ça y est : ta carrière commence. Dans 3 semaines, tu montes sur le ring en ligue pro". J'en reviens pas, Damon non plus. Tout ça arrive si vite...

Il frappe.

Je passe la soirée à cogner, et vers 22H, c'est Damon qui m'arrête.

DAMON :

Andy je sais que t'es content mais tu vas faire comment si je meurs d'épuisement ?

ANDY :

Il a raison. Mais faut que je sorte ! Je suis à l'aube de ma nouvelle vie. Parker décide de m'emmener dans un club qu'il connaît bien : "rien n'est trop beau pour mon futur champion du monde !".
Ce mec est dingue. 22h ? Sam finit à 22h30 ? Hors de question que je fasse la fête sans elle ! Après tout... Tout ça c'est un peu grâce à elle ! 22h30, on gare la voiture devant l'hôpital. Et on attend. Je suis comme

un fou, j'ai tellement envie de la voir, et de lui
annoncer la bonne nouvelle... On s'est tellement battu
pour en arriver là ! 22h45, personne. 23h... Il me dit
quoi mon instinct là ? Il me dit que ma femme est
jamais en retard, et que le fait que j'essaie de l'appeler
sur son téléphone et qu'elle décroche pas m'inquiète
encore plus. J'entre à l'hôpital, je la demande..."Sam?
Elle est partie. Mais elle est passée par derrière". Je
sors de l'hôpital... Et je sais que c'est con, mais avec
ce qu'on voit à la télé, aux infos, putain ça arrive aux
autres alors pourquoi ça nous arriverait pas à nous...
Ça peut pas arriver. Elle va bien, elle va forcément
bien, elle doit bien aller. Sam ? Sam putain décroche !
Sam ? je fais le tour de l'hôpital.

CHANGEMENT D'ECLAIRAGE.

En plein milieu de cette ruelle seulement éclairée par
le néon orange de la porte de derrière d'un night-
club... Sam est là... Plaquée contre le mur par un gars
qui d'une main lui écrase le visage contre le mur, et de
l'autre, la viole. Elle se débat mais dès qu'elle le fait, il
arrête de la toucher et frappe son visage contre le
mur, pour l'assommer, et repasse sa main ! Encore et
encore ! Elle ne crie pas... Parce qu'elle sait que si elle
crie elle va se faire encore plus frapper... Parce qu'elle
subit et elle encaisse pour pas encaisser davantage.
Parce qu'elle m'avait dit qu'infirmière, c'est un boulot
qui fait fantasmer, et qu'elle connaissait des collègues
qui s'étaient fait... Mais ça arrive qu'aux autres ! Ben
non, ça arrive pas qu'aux autres. Le temps se fige. Je
la vois, les vêtements à moitié déchirés, le visage en
sang, je vois la main de gars toucher ma femme, la
déshabiller, je vois la main de cet homme déshabiller

ma femme et se déshabiller, je le vois se toucher, toucher ma femme, toucher ma vie, toucher mon âme, mon premier je t'aime, je vois ce fils de pute détruire la vie de Sam et m'enlever ce que j'ai de plus cher au monde, je le vois la détruire, me détruire, nous détruire... Plus je réfléchis, plus Sam est en train de ramasser ! Je pense à Damon à son discours sur la boxe qui doit jamais sortir du ring, je vois mes poings, je vois mes adversaires au sol, le gars du bar K.O Et... Et Le néon se met à éclairer le visage de Sam, en sang qui pleure et ferme les yeux, prête à se laisser mourir. Je vois notre vie défiler devant mes yeux, je vois son sourire, je le vois avancer pour la violer en la pénétrant... Et puis je ne vois plus rien !

Il fonce sur lui et le frappe.

ANDY :

Je le frappe ! Je le frappe parce que j'ai envie de le faire parce que j'ai le pouvoir de le faire ! J'enchaîne ! Droite gauche droite ! Je lui casse le nez il hurle, mais je frappe encore et je démolis son visage ! Encore et encore ! Et plus il hurle plus je fracasse son visage pour que ce soit à son tour de fermer les yeux et subir ! ça fait quoi hein ? ça fait quoi d'être une victime et de sentir quelqu'un plus fort décider de ce qu'il va faire de toi hein ? ça fait quoi ? Je te pose une question enculé ! Sa mâchoire est brisée ! Et mes poings sont en sang de lui avoir éclaté le visage ! Mais ça je m'en fous ! Parce que je vais te tuer ! T'as voulu me prendre ma vie, ben je vais prendre la tienne ! Il tombe à genoux je le relève et je le frappe au ventre, au thorax, encore et encore ! Plus je frappe et plus j'entends ses os craquer jusqu'à sentir les os de mes doigts s'éclater de bonheur contre lui. J'en ai pas fini encore ! Tu veux jouer on va jouer ! Je t'ai dit je vais te tuer une longue mort bien lente tellement lente que limite à la fin c'est toi qui auras envie d'en finir ! Je frappe les côtes ! il est contre le mur ce sont mes coups qui le tiennent debout ! Il tente de s'enfuir ! Quoi ? Il te reste encore de l'énergie ? il s'est mis dos à moi ? Tant mieux, j'ai envie de frapper en traître ce soir ! J'ai jamais frappé le dos de quelqu'un parce qu'un boxeur ça tourne jamais le dos, ça fuit pas, y'a que les lâches qui fuient et toi t'es un lâche ! Alors je lui frappe le dos, la colonne les épaules !Crève ! Crève ! Crève ! il hurle ! Il m'implore, il s'en remet à la chance, il a enfin compris que j'allais le finir ! Il tombe face contre terre, il respire encore... Un dernier coup derrière la tête le tuera... Je prends de l'élan... Sam attrape mon bras et hurle " Andy le tue pas ! Je t'en prie le tue pas !"

Andy s'arrête et tombe à genoux.

ANDY :

Parker a tout vu. Il m'avait emmené en voiture pour chercher Sam et ne me voyant pas arriver il m'a cherché, et m'a trouvé. Il arrive, m'attrape, attrape Sam... Il nous fout dans la voiture... J'ai l'impression d'avoir rêvé, mais mes poings me font mal, la douleur se réveille... Parker appelle l'hôpital en disant qu'il a entendu des gars se battre dans la ruelle et qu'y a un mec à terre... Et au moment où il voit le brancard partir, la voiture part aussi. Parker sait que ce que je viens de faire peut bousiller tout ce qu'il a tenté de construire avec moi. La seule chose qu'il nous dit c'est "rien ne s'est passé" et "je m'occupe de tout".

Un temps.

Les jours suivants... On vit sans vivre. On mange pas, on dort pas. Même si rien ne s'est passé. Rien ne s'est passé mais Sam retourne à l'hôpital et découvre l'état dans lequel j'ai mis le gars... Il est dans le coma, et sa colonne a été brisée. Le verdict tombe : il va être paraplégique et va finir en fauteuil toute sa vie. 19 jours plus tard, il se réveille. Mais garde les yeux fermés, parce que les chocs à la tête et le coma ont créé un hématome au cerveau qui le rendent aveugle avec 5 % de chance de retrouver la vue un jour. Et enfin, j'apprends son nom : Mickael Davenporte ... Et je l'ai tué. Je l'ai tué. C'est ce que je voulais, je l'ai tué. Tout ce qui lui reste à faire c'est attendre la mort ou se la donner, mais j'ai mis fin à ses rêves, à ses buts, et à ses espoirs parce que j'ai même fait pire que tuer... Je vais le faire souffrir toute sa vie. La police recherche les gars qui ont fait ça : "vu la violence, ils étaient au moins 5-6". Ben non. 3 semaines après il peut enfin parler, et prononce un nom "Andy". Sam a hurlé mon prénom.

Un temps.

Sam et moi... Non... Moi… Enfin, je décide de tout cacher. Si on apprend qu'il a tenté de violer Sam, on remontera jusqu'à moi et je finis en taule. On est en Amérique ! Les voleurs violeurs ou meurtriers peuvent aussi porter plainte quand quelqu'un rend justice lui-même ! Et puis... Sam a reçu quelques coups, aucune trace de viol, c'est sa parole contre Mickael, sa parole contre un handicapé. L'état dans lequel je l'ai mis... dans un procès j'aurais aucune chance... Et toute la vie qui m'attend est foutue...Non. Sam ? Il ne s'est rien passé. Sam ? Fais-le pour moi, pour nous, pour qu'on aille bien... Mens. Parker a donné de l'argent à quelques copains à lui : on était à une soirée privée pour fêter mon premier combat. Sam ? Tu m'écoutes ? On va être une dizaine à dire la même chose, aucun jury pourra remettre notre alibi en question. On va mentir pour le faire passer pour un menteur. Tu n'as jamais été dans cette ruelle, il ne t'a jamais...Sam ? Il ne va pas dire qu'il était avec toi, il a bien trop peur que tu l'accuses de t'avoir violée, tu es sa victime et il est la mienne. Sam, on va mentir, oublie ses mains contre ta nuque, oublie ses doigts en toi, oublie. Je t'en prie, pour toi, pour nous pour moi, oublie ou fais semblant d'oublier. Rien ne s'est passé.

Un temps.

Dans un combat, quand on fait une erreur, y'a un moment précis juste après, où on peut la corriger, comme si on pouvait revenir en arrière... Et si je l'avais pas mis dans le coma ? si je m'étais arrêté à temps ?

Un temps.

CHANGEMENT D'ÉCLAIRAGE

Andy se met à rêver.

Si je m'étais arrêté à temps, si je l'avais juste frappé pour l'éloigner, le gars aurait eu peur et serait parti, avec l'envie de jamais revenir dans cet hôpital, et même si Sam l'avait revu, elle aurait appelé les flics. J'aurais commencé mes combats jusqu'au régionales, nationales, on aurait eu notre enfant, les jeux olympiques, les championnats du monde où, juste après avoir vu Sam dans les tribunes, j'aurais mis Gale K.O Pour finir champion et encore 2-3 années consécutives.... On aurait eu un autre enfant, une petite fille... Qui m'aurait donné suffisamment d'énergie pour être champion une année de plus, avant de me faire démonter par un petit jeune qui aurait une envie de gagner plus forte que le mienne... Et j'aurais fini par monter ma propre école, le Malone Boxing Club pour trouver un champion, l'entrainer, qu'il devienne champion et qu'il entraîne, parce que la boxe c'est ça, une mise en abyme.

Un temps.

CHANGEMENT D'ECLAIRAGE.

Le temps va dans le bon sens et Andy va revivre les scènes à l'endroit, chaque étape clé.

ANDY :

Mais je l'ai mis dans le coma au lieu de m'arrêter au bon moment. Mais j'ai menti au lieu de me dénoncer, mais je l'ai vu dans le public et j'ai pas laissé ma vie en dehors du ring, mais j'ai truqué des combats au lieu de tout recommencer à 0, mais j'ai voulu créer mon école alors que c'était foutu d'avance, mais je lui ai fait du mal au lieu de la laisser me sauver, mais je les ai abandonnés... Jack... Damon...Parker, Sam, cette ruelle... J'ai laissé une erreur en devenir une autre, puis une autre jusqu'à faire de ma vie une erreur que je ne peux maintenant corriger que d'une seule façon.

En remontant l'histoire le voilà dans la première scène, devant sa table avec son pistolet, en train de finir d'écrire sa lettre et de charger son arme.

ANDY :

Car c'est ici que tout commence et que tout finit. À celui qui m'a lu.

Il prend une grande respiration, ferme les yeux, puis colle l'arme contre sa tempe.

Un temps.

Il tire.

NOIR

FIN

À PROPOS DE L'AUTEUR

Rémy.S est un écrivain, comédien et metteur en scène. Auteur du thriller « Légendaire » et de la comédie « L'histoire du cinéma en 1h10 pétante », il a aussi scénarisé des jeux videos, des émissions , et continue d'écrire pour des compagnies américaines (Il vit aux USA) et françaises. En 2017 il écrit *La Théorie du K.O* pour la compagnie "Cause Toujours" sous la commande de Cédric Saulnier. Il signe là une pièce sombre, brutale et crue, dans la veine de ses influences de toujours (Chuck Palahniuk et Manu Pratt).

Site web: www.remy-s.com
Instagram: Remys42